暗い夜の私

JN125705

FuJio NoGuChi

野口冨士男

P+D BOOKS
小学館

目次

浮きつつ遠く

春の岬　旅のをはりの鷗どり
浮きつつ遠くなりにけるかも
――三好　達治

武田麟太郎さんの旧著を、私は二冊しか持っていない。一冊は昭和十年四月に竹村書房から出版された短篇集『市井事』で、偶然ながら著者自身から贈呈された。

「きょう僕の本が出来てね、竹村へいくところだから一しょに来ない？」

たまたま市ケ谷駅近傍の路上でゆきあったとき、いわれるままに武田さんとならんで四谷坂町の書房まで歩いていって、眼の前で署名していただいたものであった。

浅葱色の見返しに毛筆でまず私の名が記され、つづいて右下に小さく自署がおこなわれた。その墨痕とともに、和紙の片面にだけ印刷された浅葱の地色が、しだいに薄れてしまっている当時の記憶とは対蹠的に、三十余年後のこんにちもなお信じがたいまでに鮮明である。

歯のチビた駒下駄をはいて、書物や原稿用紙で和服のふところをふくらませながら昂然と顔をあげて歩いている武田さんの姿を、そのころ私はしばしば銀座や浅草で見かけた。がっちりした身体つきの武田さんの身長はむしろ低いほうであったのに、人ごみの中でもすぐ見分けがついた。

というのも、氏のような文学者の風姿が、すでに昭和五、六年ごろのモダニズムの時代を通過していたその年代には、ほとんどもう見かけられないものになってしまっていたからにほかならない。そういう意味で、武田さんには最後の文士というよりも、最後の書生っぽとでも言いたいような、どこか古風な面影があった。そして、それは武田さんにとってどうやら意識的なものであったらしく、現に武田さん自身がデザインしたという『市井事』の表紙にも、鉄道馬車時代のふるい東京の町並みの浮世絵版画が採択されている。

また、もう一冊は文圃堂《ぶんぽどう》から出版された随筆集『好色の戒め』で、文圃堂は文藝春秋社へ移る以前の「文學界」の発行所であった。その『好色の戒め』は変った形の書物で、大きさは現在のB6判とまったく同大ながら、横とじのためにペイジをひらくと縦が短くて横が極端に長い。しかも本文の用紙は半紙で、半紙は裏表がはっきりしているから、文字は表面にだけ印刷して和本仕立ての袋とじになっている。

どこかの書店で私がそれを買いもとめたのも、恐らくはその変った形に対するものめずらしさからであったに過ぎまい。随筆集などというものは、当時の私の購求書の範囲内にはほとんどないものであった。が、ふとした出来ごころで入手したその一冊は、とにもかくにも当時の私自身の動静の一端を識り得る手がかりの一つとして、私にとっては記念的な意味をもつ架蔵書となった。
その中におさめられている「病床にて」という随筆には、過労でたおれた武田さんが、心悸昂進のためにまだ夜が明けぬうちに医師を呼んでもらって強心剤の注射を受けたという記述につづいて、次のような一節がみられる。

眼がさめると「文芸時評」が気になりはじめた。これは雑誌としては、体裁上欠くわけにも参らぬし、それにきょう校了故、かわりの執筆者も間にあわぬ。私は、そう考えて、責任を強く感じた。手をのばして、ペンを取り、昨夜のつづきを書こうとしたが、どうにも頭は痺れていて動かなかった。はじめて、自由のきかぬことを自覚して暗然としたが、折柄来た「行動」の編輯者に出来ていた三枚半だけを渡して午後三時頃もう一度来て欲しい、それまでには短くとも形だけはこしらえて置こうといった。そして、うつぶしたまま眠り込んで了ったのである。——眼がさめると、編輯者は来ていた。実はまだなんだ、すみませんと云えば、彼はいたましげに私に眼をやって、すみませんが、何とか、と云う。よければ、筆記しますから、口述して下さいと云われたが、それでは却っていらいらするからと、私は注射の痛む腕をさすりつつ、夢中で筆を走らせた。約束よりも十枚も少なかったが、それでもまにあったとの満足で私はうれしかった。

この文章に関するかぎり発表年月や掲載誌名は不詳ながら、文中に「『行動』の編輯者」と書かれている弱々しげな青年が、その当時の私の姿なのである。としてみれば、武田さんの問題の「文芸時評」が掲載されたのは十年の三月号であったから、すでに文芸雑誌から総合雑誌へ切り換えられていた「行動」の発売日が毎月十九日であったことに想いあわせるとき、私が氏を訪問したのは二月十日前後のことと判断される。

そのころ、武田さんは茅場町会館という六階建てのアパートの最上階に住んでいて、茅場町会館は、日本橋のほうから行くと茅場町の交差点を越えた先の電車通りに橋があって、その橋の先の右側にあった。

武田さんは「行動」にとっていわば常連執筆者の一人であったから、私はそれまでにも何度かそこへ足をはこんでいたが、大宅壮一さんの主宰していた人物評論社（尾崎一雄氏の『暢気眼鏡』を連載していた雑誌「人物評論」を発行）もおなじ建物の中にあったのに、なぜか私が大宅さんの原稿を頂戴にあがったのは自宅のほうであったから、人物評論社の内部がどんな構造になっていたかは知らない。ただ、そこを住居としていた武田さんの部屋のように畳敷きではなかっただろうと想像するだけのことだが、そういえば、私が武田さんにともなわれていった竹村書房は屋根に瓦をのせた普通の民家で、畳の上に事務机と椅子が置いてあった。平野謙氏はここで働いた。昭和十一年の末から翌年のはじめにかけて私がつとめたことのある日本橋通三丁目——高島屋の横通りにあった時代の河出書房にしろ、編集部や営業部の床は板敷きにしてリノリュウムが張ってあったが、二階の応接室は畳敷きの日本間であった。作家の住居など、推して知るべしであろう。

夏になれば食卓の上に蠅帳《はいちょう》を置いて、夜は蚊帳を吊って寝る。電話どころか扇風機もないというのが当時の大部分の作家たちの生活で、電話は徳田秋声先生のお宅にすらなかった。飯倉片町の崖下のせまい路地奥に居住しておられた島崎藤村氏や、土手三番町の小路に里見弴氏とむかい合って住まっておられた泉鏡花氏をも私は訪問したことがあるが、そういう大家の住居にしろ、門ひとつないありきたりの貧弱な民家でしかなかった。

しかも、その時代の大半の作家生活はまだそういうものでありながら、すでに文学の世界には国際的な同時性が浸透していて、若い作家たちのあいだではジョイスやロレンスやジイド、ヴァレリイ、マルロオ、コクトオ、サン＝テグジュペリ、モンテルラン、ケッセル、デュガアルなどがドストエフスキイやシェストフと並行してむさぼるように読まれていた。作家たちの読むものと日常生活に大きすぎる懸隔があったところに、輸入文化を受容しきれなかった昭和初年代文学の坐りの悪さの原因があったのではなかろうかと、作家生活の実態を眼にする機会が比較的多かった私などには考えられる。

『痴人の愛』の作者であった谷崎潤一郎氏が『蘆刈』や『春琴抄』の世界に転じ、『浅草紅団』を書いた川端康成氏が『雪国』の連作にかかったことと、左翼陣営にいた武田さんが「市井事もの」を手がけはじめた理由が同一であり得るはずはなかったが、西欧文学の摂取のはてに日本人としての自己の周辺へ回帰したという点では、共通するものを持っていなかったとも言いがたい。私が武田さんのところへ「文芸時評」の原稿をいただきにあがったのは、そういう時点であった。

武田さんは本棚というものをまったく使用せずに、すべての書物を壁によせかけてうずたかく積みあげている人であったが、そういう書物の壁の前にのべられた寝床の中から私の顔を力なく見あげると、前夜来の身体の状態をこまごまとうったえた。それから、随筆の中にも書かれていることだが、早発性痴呆症のうたがいがあるので、海か山へ行って青いものを見るようにするほうがいいと医師に勧告されたという意味のことを言った。

「青いものって、何ですか」

「海の色や植物の色だよ」

そういう武田さんの話し方には、あたかも早発性痴呆症が精神分裂とは別個の疾病で、潜伏性の脳黴毒《のうばいどく》による強度の神経衰弱症というふうにでも解釈しているようなふしがあった。現在の言葉でいえば過労によるノイローゼの状態が、日ごろからいだいていた脳黴毒に対する恐怖心を一そうかき立てていたのであったかも知れない。武田さんにかぎらず、当時の作家が「淋病も知らないで一人前の作家といえるか」などと口では言いながら、肺結核と性病をおそれていたことは事実であった。「体を張る」というような言葉が、作家生活の基本的姿勢であった時代の、それが側面であった。

「それまでなんでもなかった人がね、中年にさしかかったとたんに飯を食いながら茶碗と箸を持ったまま、あるとき突然、アアコリャコリャなんて歌い出すような例があるんだそうだけれど、僕もそんなことになるのかと思うといやだなア」

眉をしかめながら首を振った武田さんの「いやだなア」という言い方には妙な実感があった。

「好色の戒め、ですか」

と私は言った。のちに書物の題名となった『好色の戒め』という随筆も「行動」に掲載されたものであったから、私はその時すでにそれを読んでいた。

「うむ、あれね、あれを書いたころは元気だった」

しかし、今は話をしているのも辛いというように、武田さんは天井を見ていた瞼を閉じた。そこには、昂然と顔をあげて街を歩いている折の面影はまったくなかった。私は、見てはならぬものを見てしまったように思った。

そして、三時と指定された時刻にふたたび出直すと、武田さんは私が口述してくれれば筆記をするというのをしりぞけて、床の中で枕を胸にあてがいながら腹ばいの姿勢になったまま原稿用紙を引き寄せて一枚むしり取ると、その硬質な紙で万年筆のペン先をぬぐってから、いかにも大儀そうな様子で書きはじめた。その原稿用紙は、当時の作家たちの多くが使用していた神楽坂の盛文堂書店の製品であったと記憶するが、オレンジ色の罫の二百字詰のものであった。

作家はなしくずしの自殺をしているといったのは夏目漱石のはずだが、病人の武田さんが寝ながら紙の上にギシギシ鳴らしているペンの音は、枕もとに坐っている私にそういう言葉を思い出させた。そして、作家も因果な商売だが、編集者も因果な商売だと、若い私は単純に思った。近代日本の文学史が、作家と編集者とのそういう対決の上に積みかさねられてきているのだと気がついたのは、後日になってからのことであった。

どれほどの時間が経過したであろうか。

「お待ち遠さん」

すこし関西なまりのあるアクセントで言って書きあがった原稿をそろえると、武田さんは思いのほか器用な手つきで横に三つ折りにして私にわたすなり、俄かに緊張がとけたためか、腹ばいの姿勢のまま枕につけた顔をあげられなくなってしまった。

もうその時刻には、二月中旬の日は暮れ落ちて、室内には電灯がともっていたはずである。

「どうも、ご無理をお願いしてすみませんでした。お大事に」

その言葉が空疎にひびきはしないかをおそれながら、私はドアの所まで送りに立って来た夫人に言いのこして印刷所へ急いだ。校了という私たちの激闘は、それから深夜まで狂おしくつづくのであった。

講談社版「日本現代文学全集」によって武田さんの「年譜」をみると、昭和四年三月の条には「刺殺された山本宣治の葬儀に参列のため京都に赴き帰ってくると検挙された。ひと月ばかりの拘禁生活から出るや、直ちに『暴力』を書き、六月の『文藝春秋』に発表した。菅忠雄らが執筆の機会を与えてくれたのだが、雑誌は発禁となり、『暴力』を削って出された。余勢をかって『檻』を『十月』(『大学左派』改題)に、また『W町の貞操』などを発表、そのまま満洲に去った。奉天まで至り帰国すると、すでに職業作家としてのスタンプが押されていた。昭和六年まではプロレタリア小説を発表、しかし、文体・スタイルの傾向は新感覚派的なものだった。」と記されている。そして、七年六月の条をみると「『低迷』を『改造』に、『日本三文オペラ』を『中央公論』に発表。このあたりからいわゆる『市井事もの』作家としての活躍が顕著になる。」という記載があって、昭和八年のくだりには「春頃、日本橋区南茅場町の茅場町会館（略）に移る。これまで数年は浅草界隈を転々としていた。住居の安定が創作への欲求を高めてもいった。」と述べられている。

私が雑誌編集者として武田さんを識ったのはこういう時期で、武田さんはそれから約二年後に相当する昭和十年二月ごろには過労のために心悸昂進をおこして、医師に強心剤の注射をあおがねばならぬような状態に追い詰められていたのであった。

もっとも、私が市ケ谷駅近傍の路上で病後の武田さんにゆきあったのは、それからわずか二ヵ月後であるから、その病状が寝ついてしまうようなものでなかったことは明らかだが、ふたたび『好色の戒め』をひらいてみると、「病床にて」の次には「死神について」という文章がかかげられている。そして、さらに一つおいて「近頃の通信」という題の随筆が載っているが、そこにもまた、「ここまで書いて来たら、心悸昂進でぶっ倒れた。今年になって二回目だ」という一節がみられる。そして、その末尾の部分には、「医者は、少し身体をいたわりなさいと云って帰った、弱っている私は、しみじみそうしようと考えた。」と記されている。

これも、武田さんだけのきわめて個人的な特殊事情だといってしまえばそれまでの話だが、昭和文学史上に「文芸復興」と呼ばれる現象が生じていなかったら、はたして武田さんはこういう状態に見舞われていただろうかと考えるとき、私は否定的にならざるを得ない。すくなくとも「文芸復興」が流行作家を産み出して、武田さんがその流行作家の一人であったことだけは間違いのない事実であった。

*

学生時代から幼稚な文学青年であった私がどうしたはずみで新劇などを観るようになったのか、その動機だけははっきりしている。

昭和四年に、小学校以来の学友の一人で、岩上順一夫人の実弟にあたる重松宣也からさそわれるままに築地小劇場へ行ったのが最初で、私はチェホフの芝居はもちろん、ウェデキントの『パンドラの函』から井伏鱒二、中村正常、池谷信三郎、舟橋聖一、坪田勝、西村晋一というような人びとが分担で翻案脚色した蝙蝠座の『ルル子』までみている。三宅艶子さんの教示によれば舞台装置は佐野繁次郎、古賀春江、東郷青児、阿部金剛の諸氏であった由で、私はその当時阿部ツヤコと名乗っていた断髪の艶子さんがネビイ・ブルウの海水着一枚で舞台にあらわれたのを記憶している。二日目からは警察の干渉でタイツをはかされたそうだが、私の記憶には大腿部あたりの素肌の色が灼きついているから、初日を観劇したわけだろう。

「芝居はわすれちゃったけれど、あなたの海水着姿はおぼえていますよ。僕はあのときカブリツキで観ていたんですから」

年月その他のこまかい点をたずねるために電話をしたとき、私は艶子さんに言ったが、固唾をのんでいたとは告げなかった。私も若かったが、艶子さんも若かった。そして、それは明らかに一つの刺戟であった。

五年六月の蝙蝠座第二回公演であったというから、新興芸術派最盛時のエロ・グロ・ナンセンスという言葉が風靡していた時代で、『ルル子』もナンセンスを前面に押し出した劇であったろう。が、そういう風潮はアッという間に文学の世界からも、新劇の世界からも一掃されてしまった。

そして、文学の方面でも事情はほぼ同然であったが、新劇といえばそのまま左翼演劇の同義語であるかのような時代が到来していたのにもかかわらず、私は築地小劇場だけではあきたらぬままに、本郷座や市村座や帝劇まで観あるくようになった。『飛ぶ唄』『生ける人形』『何が彼女をそうさせたか』『太陽のない街』『吼えろ支那』『西部戦線異状なし』『アジアの嵐』『全線』『母』というような舞台の幾場面かにかさなって、「異議なし」「帝国主義戦争絶対反対」というような観客たちの昂奮した足踏みと喚号のどよめきが記憶の底からよみがえって来る。そういう渦の中に、まだ金ボタンの学生服を着ていた私は、あまり坐り心地のよくない思いでまぎれこんでいたのであった。

築地小劇場へ最初に案内してくれた重松にさそわれたのがきっかけとなって、私はきわめて短期間ながら二、三の研究劇団へも加入して文芸部に籍をおいたが、人員の不足から狩り出されて俳優をつとめたこともある。有為な才能をもちながら夭折した友人竹田三正がソ連映画から脚色した『人生案内』という劇では、私は田村町の飛行館の舞台で『おいらはこども』という主題歌をソロで歌った。

おいらは　こども
小さい時から見棄てられ
投げ出されて
おいらは　みなし児

そういう歌詞にはじまるその歌は、戦前の左翼演劇関係者のあいだでかなり広く愛誦されたもので、堀田善衛君の『若き日の詩人たちの肖像』にも引用されているが、その歌を日本で最初に公開の場で歌ったのが、単なる思いつきから栗本鉄一郎と名乗っていた私であったことは、私の属した劇団の一と握りの劇団員とわずかな観客しか知らない。戦後、東宝から日生の映画部に移っていた演出者の米山彊も数年前に他界してしまったが、せいぜい私がロシアの少年らしく見えるように、楽屋で私の髪の毛をアイロンで一所けんめい縮らしてくれたのは、のちに中央公論社へ入社して有能なジャアナリストとなった藤井田鶴子さんであり、舞台装置を担当したのは、現在も商業演劇の世界で活躍をつづけている伊藤寿一君であった。また、私はゴルズワアジイの『エスケープ』でも、端役の囚人の役をつとめた。藤井さんや、のちに劇作家となった水木洋子さんは、それらの劇団の主役クラスの女優であった。

そういう現象だけをとらえれば、私はたしかに新劇熱にうかされていたということになるのだろうが、心の底から舞台の魅力のとりこになっていたかと自問すれば、やはり首をかしげずにはいられない。一たん憑きものが落ちたあとは、新劇に見向きもしなくなったことが、何よりもの証拠だろう。

そんな私がどうして新劇評などを書くようになったのかといえば、交友関係による、もののはずみとしか答えようがない。しかも、私の場合には、昭和八年の上半期にはじめてそういうものを二つ三つ同人雑誌へ発表したのが阿部知二さんの眼に触れるところとなって就職にむすびついたのだから、その気まぐれに似た行為は私にとってまことに運命的な出来事であった。

「何年か同人雑誌をやっているんだから、校正ぐらいはできるだろうし、彼奴《あいつ》をやとえば劇評も書くぜ」

そんな阿部さんの言葉によって、恐らく私は雑誌編集者として採用される機会をあたえられたのに相違ないのだ。阿部さんはもうおぼえていないかもしれないが、私はわすれない。時代に流され、交友の波間に浮かんでいた木の葉のような私に指をさしてくれた人は阿部さんであって、その木の葉を掌ですくい取ってくれた人が田辺茂一《もいち》さんであった。

昭和六年九月に、いわゆる十五年戦争の発火点である満洲事変へ突入した日本は、昭和八年三月に国際連盟を脱退している。国際交流をみずから断ち切ったということはナショナリズムの方向へはしりはじめたことを意味していて、それが文学にも大きく影響した。二月に小林多喜二が築地署で虐殺され、六月に日本共産党の理論的指導者であった佐野学と鍋山貞親が獄中で転向を声明した昭和八年は、大正末期に擡頭して昭和初頭の日本文壇を席巻したかにみえたプロレタリア文学がかさなる弾圧のために大きく退潮した年である一方、おなじく大正末期に出発した新感覚派の残党と昭和初年に進出した新興芸術派の勢力が、島崎藤村、徳田秋声、永井荷風、谷崎潤一郎、宇野浩二らの文壇復帰に力を得て失地回復をした年である。

「文芸復興」とは、そうした新旧両芸術派の活況を名づけたもので、私がたまたま雑誌編集者として文壇の一角に接触する機会をもったのはそういう年度であったが、当時は現在とちがって総合雑誌の創作欄が文壇文学の主導権を掌握していた。「中央公論」「改造」「文藝春秋」と、のちに「日本評論」と改題された「経済往来」の四誌が権威をもっていて、営業雑誌としての文芸雑誌は「新潮」だけしかなかった。そこへ「文芸復興」の呼び声に呼応して十月には文化公論社から「文學界」、紀伊国屋出版部から「行動」、十一月には改造社から「文藝」が創刊されて五誌が八誌になった。このうち「文學界」だけは創刊号から第二巻第二号に至るまでの五冊が文化公論社から発行され、三ヵ月後の九年六月号を復刊第一号として十一年六月号まで文圃堂から発行されたのち、その翌月から文藝春秋社の手に移るという複雑な発行経過をたどっているが、その文学的功績にもかかわらず原稿料なしの同人雑誌として出発したのに対して、「文藝」と「行動」は最初から営業雑誌としてスタートしている。

その「行動」の編集部へ私は就職したのであった。

発行所の紀伊国屋出版部は、社長の田辺茂一氏が新宿に紀伊国屋書店を経営していて、編集部もその二階にあったために、当時の執筆者ですら紀伊国屋書店の出版部というふうに受け取っていたようであったが、株式会社紀伊国屋出版部というのが会社名で、経理の面でも書店とは別個に独立採算制がとられていた。舟橋聖一氏の『私の履歴書』をみることにしよう。

その頃、田辺君は四谷津之守《つのかみ》の花街に入りびたっていて、時々私もご相伴に与《あずか》った。（略）私達の拠点は「小花」という待合だったが、勘定は大部分田辺の散財であった。そのうち私にも敵娼《あいかた》が出来たが、あんまりしっくりはいかなかった。

そんな遊びにも飽きた私達は、もう一度雑誌をやろうということになった。文芸都市では同人が多すぎて、ゴタゴタがあったが、今度は編集部を確立し、小人数で固めることにした。作家側からは、阿部知二と私が参画した。表題は「行動」と決まったが、これは阿部がつけたものである。編集長は豊田三郎であった。

といっても、私が阿部さんの推薦のもとに田辺さんの面接テストを受けて採用されたのは、文芸雑誌として出発した「行動」の創刊号が市場へ送り出された翌日か翌々日に相当する昭和八年九月十日か十一日のことであったのに、編集部にはそれまで豊田さん一人しかいなかった。第二号にあたる十一月号の『編輯後記』に豊田さんが「漸く編輯部員も充実したので、手も、眼も、脚も、数倍して、本誌の成長に備えられている。」と書いたのは私の入社を指しているわけだが、能力の点はともかく、人数だけからいえばたしかにこれが豊田さんの実感であったろう。電話のすくなかったその時代にはどこへでも足をはこばねばならなかったし、一日に訪問できるのはせいぜい三軒どまりであったから、一人ではどうにもならなかっただろうと思われる。

そして、私は自身の入社を『編輯後記』で報告されたのとおなじ号に、早くも『築地のハムレット』という新劇評を書いている。署名はその後幾度か変えているが、終刊に至るまで私は一人でほとんど毎月書きつづけている。N、OPQ、浩章二などというのが私のもちいた筆名で、浩という姓は当時の私が宇野浩二氏のファンであったところから無断で借用したものだが、宇野さんの上野桜木町のお宅へは十九回かよって、ついに原稿を頂戴できなかった苦い思い出がある。

「あなたがおみえになったら、これを差し上げてくれと申しておりました」

そう言って、長身の宇野さんとは反対に小柄な先夫人のキヌさんの手を通じて頂戴したのは春陽堂文庫版の『子を貸し屋・蔵の中』で、その扉のページには、私の氏名の下に「著者」という文字が几帳面な楷書できちんとペン書きされている。奥附をみると昭和九年十一月二十日の発行である。私が訪問を十九回で打ち切ったのは、その一冊をくださったことで、氏が執筆のことは勘弁してほしいというお考えだと受け取ったからであった。そのために、宇野さんの原稿はついに「行動」には一度も載らなかった。

新劇評のスペースは六号三段の一ページであったが、時には二ページのこともあったのに、私は毎月いくつかの公演を観てまわって〆切日が近づくと、かならず観劇の帰途どこかの喫茶店へ立ち寄って、閉店まぎわのザワザワしている雰囲気の中で書くことにきめていた。劇評家になりたいという気持はみじんもなかったが、その程度の枚数の原稿がどこでもたちどころに書けないようでは、ジャアナリストとして一人前になれないと考えていたからにほかならない。かぞえ年二十三歳で就職した私は雑誌編集者といっても使い走りで、編集会議にも出席させてもらえないような存在でしかなかったから、一人前の編集者になりたいというのが、当時の私の夢であった。

「俺は作家にはなれない」

そう思いはじめるようになったのも、毎月幾人かの作家を次々に訪問した結果であったが、その時分にはまだ名前にゴンベンのあった中山議秀さんや尾崎士郎さんの生活ぶりを見て、なおかつ作家をこころざすだけの勇気は、とうてい私にはなかった。

尾崎士郎さんの家は大森山王の、俗に源蔵ケ原と呼ばれている地点にあった。「年譜」をみると、氏自身の『空想部落』や広津和郎氏の『昭和初年のインテリ作家』の背景となった荏原郡馬込《まごめ》村中井に尾崎さんが居住したのは大正十二年五月で、昭和二年ごろからは居所が不定となりはじめて、五年ごろには麻布市兵衛町《あざぶいちべえちょう》の山形ホテルなどにもいた様子だが、源蔵ケ原の家に転居したのは七年のことである。私が原稿依頼のためにたずねて行ったのは、その家であった。品川のほうから国電——当時の省線電車でいって大森駅の右手の山側にある改札口を出ると、道路をへだててすぐ眼の前に今でもはばのせまい急傾斜の石段がある。それをのぼると間もなく射撃場につきあたるが、射撃場にそって左手へまわっていくとやがて右へまがる細い道があって、すこし下り坂になっているその道をどこまでも真直ぐいくと、こんどは自然に右へまがってからまた左へのぼるような地形になっていて、そのどんづまりのところをさらに左へまがったほそい路地奥にその家はあった。

独立家屋であったことにまちがいはないものの、感じとしてはまさに裏長屋というおもむきの陋屋《ろうおく》で、多少の記憶ちがいはあるかもしれないが、三十余年をへだてたこんにちもなお私がその道筋をあざやかに想いおこすことができるのは、それほどしばしば私がその家を訪問したことをものがたっている。そして、その家屋については、尾崎さん自身が絶筆となった回想録『小説四十六年』の中に次のように書きのこしている。

路地の奥にあるこの、うす暗い家は、一日じゅう朝から晩まで太陽のあたるということがなかった。わずかに陽の光りを仰ぎ見るのは夏ならば、午前五時から六時ごろのひとときだけである。それも低い屋根の庇の上を、撫でるように気ぜわしく通りすぎてゆく。夏から秋にかけて、この風とおしのわるい家の、じめじめした部屋の中で素っ裸になって仕事に没頭した。「旧山河」「蜜柑の皮」「九十九谷」「落葉と蠟燭」等々の作品を私は矢継早に発表した。この中の『九十九谷』が私の頂戴した原稿で、九年八月号の「行動」に掲載された、その二十枚たらずの短篇小説を手に入れるために、私はほとほと手を焼いた。

「今夜中には、まちがいなく書くよ」

そう言われて辞去すると、私が社へもどるよりも先にことわりの電話がかかっていたり、速達の書簡や電報を私は幾通受け取っているかしれない。何十年ぶりかで、室生犀星氏の告別式の帰途お目にかかった私を夫人がおぼえておられたのも、当時の私が尾崎家を訪問した頻度の高さを証明しているだろう。

「……どこなんですか、その仕事場と仰言るのは」

ある時には仕事場へ行っていると告げられて追及すると、気のやさしい痩せほそった清子夫人は、生後一年ぐらいにしかなっていなかったお嬢さんの一枝さんをおぶって、私をそこまで案内して行ってくださった。

私は源蔵ケ原のお宅から連れられて行ったために、その家はずいぶん遠い場所にあったように思っていたが、こんど電話でうかがったところによると、大森の駅前通りを大井町のほうへ十分ほど歩いた地点にあった由で、九年十二月の「中央公論」に発表された『落葉と蠟燭』にえがかれているのが、その家屋である。

「お家賃があのころで五十円もしたもんで、払い切れなくて源蔵ケ原へ越したんですけれど、その後、家主さんが使えと仰言ってくださって仕事場にしておりましたんですよ」

夫人は、そんなことも電話で教えてくださったが、その家屋は朽ちた門を入ると、薄暗く生い繁った木の間がくれに前年の落葉が分厚く散り敷いてしめっぽい感じのただよったかなり広い庭の中にぽつんと一軒建っていて、お化け屋敷とでも言いたいような廃屋寸前の古びた建物であった。

しかし、私がその家を訪ねたのは一回だけで、尾崎さんはいつも源蔵ケ原の家で執筆に呻吟していた。そして、私の声を聞きつけると、

「いやア、すまんすまん」

と悪事をみつけられたいたずら小僧のように頭をかきながら照れ笑いをうかべながら迎えに立って来たが、そういう尾崎さんはしばしば喉に幅のひろい繃帯を巻いたり、額に氷嚢をくりつけたりしていた。

その路地奥の家は、しかし、外見よりも広くて四間ばかりあったようだ。

やはり『小説四十六年』によると、大森に住んで親しくしていた洋画家の関口隆嗣氏が家相に興味をもっていて、この家は入口が奥にあるために運命がゆきづまっているのだから、玄関より手前にある風呂場を入口にしろと指示をあたえたために、もともと風呂桶のなかった風呂場へ「尾崎士郎出入口」と紙に書いた表札をかかげて、そこを出入口にしていたのだとのこと

である。その表札は私の記憶にのこっていないが、風呂場といわれれば風呂場という感じのある入口から家具らしいもののまったくないガランとした座敷へ通されると、学生が使うような尾崎さんの小さくて貧弱な机の上には、いつも『まあ坐れ』という大きな背文字のある書物が置かれてあるのが、いやでも眼についた。どういう経路で尾崎さんはそんな書物を入手したのか、内容はおろか著者名にすら私は注意をひかれなかったが、恐らく尾崎さんにしても本文はまったく読まずに、毎日ただあの書物の表題だけをにらみつけていたのではなかったろうかと思われる。

「昭和八年という年は興味ある年だと思うのである。」

高見順さんは『昭和文学盛衰史』の中で、意識的におなじ文章を二度かさねて書いている。その意味は複雑だが、作品の世界にかぎっても、一月には宇野浩二氏が昭和二年以来の沈黙をやぶって『枯木のある風景』を書き、三月には『枯野の夢』、七月には『子の来歴』、九月には『湯河原三界』と矢継早に傑作佳篇を発表した。三月に徳田秋声氏がようやくスランプ状態から脱して『町の踊り場』を書き、十月には『死に親しむ』を発表して絶讃を浴びている。また、前年十一月に『蘆刈』を書いた谷崎潤一郎氏が『春琴抄』を発表したのもこの年の六月で、七月には川端康成氏が『禽獣』を、九月には志賀直哉氏が『萬暦赤絵』を書く一方、昭和四年から島崎藤村氏が周囲の時代相の消長をよそに年四回のペースで悠々と『夜明け前』を発表していたかたわらで、その前年あたりから嘉村礒多《かむらいそた》氏や梶井基次郎氏が総合雑誌に登場するという現象が生じていた。そして、そういう文学的豊穣の蔭にひっそりと花をひらいたような作品としては、「三田文学」に断続的に発表されていた石坂洋次郎氏の『若い人』と「東京新聞」の前身である「都新聞」に連載された尾崎士郎さんの『人生劇場』とがあって、その二つの長篇もまた昭和八年に起稿されている。

のちに「青春篇」と名づけられるようになった『人生劇場』の第一篇は八年三月から八月まで連載されて、おなじく後日になってから「愛慾篇」と名づけられた第二篇『続人生劇場』の掲載は九年十一月にはじまっている。したがって、私が『九十九谷』の原稿をいただいたのちもさらに時評や評論の執筆をおねがいに尾崎さんのところへ通っていたのは「愛慾篇」の連載を開始する直前に相当するが、「青春篇」が武田麟太郎さんの『市井事』とおなじ竹村書房から出版されたのは十年三月で、その単行本を川端康成氏が激賞したことによって『人生劇場』ははじめて声価をかち得た作品であった。通俗的な表現をすれば、私が尾崎家がよいをしていたころには「かくれたる傑作」でしかなかったわけで、「青春篇」の執筆を目前にひかえていた尾崎さんは「現実の絶対面」という、わかったようなわからないような一種独特の言葉を口にしながら、自身に対する期待と不安にかられていたようであった。

私は今でも酒が飲めないが、尾崎さんはそれを承知で、私が訪問をすると夫人にビールを命じた。そして、そのビールを酒屋が届けて来ると、私にもコップを受けさせて、

「続篇を書いてもダメなら俺もダメだな」

と言いながら、家具のない部屋の赤茶けた畳の上にあぐらをかいて独りでビールを飲みはじめた。また、俄か雨が降って来ると、私がいくら辞退しても夫人に人力車を呼ばせて、駅までの道を濡れずに帰らせるように気をくばってくれた。

これは、私の推測にすぎないのだが、尾崎さんがビールを飲んでも、飲まない私にお茶が出されなかったところから考えると、当時の尾崎家にはお茶の葉もなくて、酒屋には月末勘定がきいたのであろうし、雨が降ってきても私に貸す傘がなかったのに反して、俥宿にはやはり月末勘定がきいたからなのであろう。すくなくとも尾崎さんの生活とはそういうものであったし、尾崎さんという人はそういう人であった。そして、夫人は、そういう生活に耐えた人であった。私は、そのころの夫人が大変黒々とした長いモミアゲの持ち主であったことをわすれない。モミアゲが長ければどうなのか、そんなことは知らないが、ともかく印象的であった。

『人生劇場』第一篇の「青春篇」の大半は森ケ崎の宿屋――大金で書いたので、連載をおわった時には新聞社から受け取った原稿料の残りが三十円しかなかったとのことだが、いかに物価の安かった時代でも、三十円では親子三人が一ヵ月も暮せない額でしかない。妻子をかえりみない自己本位の独善的な文士の生活はデカダンスだと言ってしまえばその通りだが、百六十回以上の連載小説を新聞に書いて一ヵ月分の生活費にもたりない金しか残らなかったところに、すべてを文学ひとすじに賭けていた尾崎さんの面目がある。それは、売れない、食えないという因果関係とは別のものであった。

岡田三郎さんも「行動」にとっては常連執筆者の一人であったが、岡田さんと尾崎さんには「大森の三郎士郎」と呼ばれていたほど親交があって、岡田さんのお宅も大森の山王にあったので、私は原稿の依頼や督促などの用件がない時でも、尾崎さんを訪ねた帰りにはよく立ち寄った。そういうことから、私は結果的に一方ならぬ恩義をのちのちまで岡田さんから受けることになってしまったのだが、その時分にはまだそんな結果が生じるなどとは思ってもいなかった。

「人工の夜だよ」

岡田さんの書斎は階下が四間ほどある家屋の二階にあって、昼でも雨戸をたてた闇の中で電灯をつけながら仕事をしていたが、私がそこへ通されると、そう言いながらまぶしそうな眼をして雨戸をくった。ほそくて高い鼻をもっていた岡田さんの大きな眼は真赤に充血していた。

旧市内なら一円でどこまでも乗せるために円タクと呼ばれていたタクシイの全盛期で、値切れば至近距離なら三十銭でも乗れた時代なのに、大森には人力車がいつまでもあったのも道路がどこもせまかったためだが、そういう細い道路をへだてて岡田さんの書斎の真下にあたる位置に、まだ部屋住み時代の南川潤の家があった。のちに私とおなじ同人雑誌やおなじグループに属することになった南川はそのころまだ慶応の学生で、彼が『掌の性』で三田文学賞を受けたのは昭和十一年であった。

「南川は筆力があるなア」

岡田さんは言ったが、私はそれに嫉妬を感じることもないほど自身の文学的将来には冷淡になっていた。書くことを断念しないまでも、書くこととそれを職業にすることの相違がようやくわかって来て、かるい絶望が私をそんな心理的状況に追い込んでいたのであろう。絶望が重たくなかったところに若干の余地がのこされていたのかもしれないが、私の弱さも常にそういうところにあった。

「俺は朝早く起きてね、仕事は午後までに片づけて、夜はたいてい銀座へ出たりして遊ぶことにきめているんだ」

南川の筆力を口にした岡田さんは、自身の仕事ぶりについてはそんなふうに告げた。岡田さんも戦後の氏からは考えも及ばぬほど健筆で、私は一度も原稿の〆切日で困らされたことはなかった。

尾崎さんが徳田秋声先生に親近して、先生を中心とする「あらくれ会」の会員となった動機は、昭和三年の秋に榊山潤さんの案内で、徳田先生がなんの前ぶれもなく馬込村の尾崎さんの家を突然たずねられたことにはじまっているらしい。

その「あらくれ会」の一行が熱海へ一泊旅行をしたのが昭和九年五月であることは「行動」の六号記事に明らかで、その夜岡本旅館で撮影した丹前姿の写真をみると、一行の顔ぶれは、阿部知二、徳田秋声、田辺茂一、尾崎士郎、小寺菊子、山川朱実（北見志保子）、中村武羅夫《むらお》、舟橋聖一、豊田三郎、岡田三郎、徳田一穂《かずほ》、楢崎勤、高原四郎（当時、東京日日新聞社）、川崎長太郎の諸氏である。その中に私がまじっているのは、その日豊田さんと二人で東京駅へ見

送りに行くと、岡田さんから、

「君たちも一しょに来いよ」

とすすめられてもなお私たちがモジモジしているのに気がついて、

「な、いいだろう」

と田辺社長の了解を岡田さんがとってくれたので、おなじ列車へ乗り込んでしまったためであった。私が徳田先生のダンスをはじめてみたのは、この旅館のホールでのことである。

その夜、私は豊田さんと二人で糸川へ行った。糸川の両岸には、戦後に売春防止法が実施されるまで、小さな娼家がぎっしり建ちならんでいた。翌朝、私たちは先輩作家からさんざんひやかされたが、実はそれと同時刻に岡本旅館の別室では一つの心理的ドラマが展開されていた。

やはり尾崎さんの『小説四十六年』の一節である。

「あらくれ会」の同人が熱海へ小旅行を企てたことがあり、その機会を利用して岡田三郎が、中村（武羅夫）氏を説いて私（筆者）の生活を立て直すため、二三百円の借金を申し込んだ。今まで人から借金をした経験のない私はあまり気が進まなかったが、岡田の熱情に動かされて、彼に随伴していったところが、歌妓を前にして一杯やっていた中村氏は、「不同調」の時代から私に同志的感情の希薄なことを指摘し、数時間にわたって、じりじりと油をしぼられた。そのころの中村氏は病的といっていいほど潔癖で神経質だったので、明快な返事をしなかった。こういう状態を前にして金を借りるなぞということはもってのほかである。私はすぐ断念して、岡田君の好意を辞退した。そのあくる朝、私は同行した毎日新聞の高原四郎といっしょに、ほかの連中よりひと足先に宿を出た。駅前の小さな茶店でビールを一本、二人で飲むと、もう東京へ着く汽車賃がやっとこさだった。前の晩、中村氏からうけた感銘は、むしろ、今まで私の心の底に淀んでいたものを一ぺんに洗い落としたというかんじである。私はこれによって不思議にあたらしい勇気を得た。

この一節が「東京新聞」に掲載されたのは三十七年十一月二十一日で、私はそれを読んではじめてそんなことがあったのを知ったのだが、文壇史のひだは一つ屋根の下にいた者も知らぬ間にきざまれているのだと痛感した。また、この小旅行の年月が九年五月であることを考慮に入れるとき、同年十一月二十一日から連載が開始された『続人生劇場』の執筆をうながしたモメントは、その夜、尾崎さんが岡本旅館の一室で得た「不思議にあたらしい勇気」であったかもしれないというようなことをも、私は考えずにはいられなかった。

「続篇を書いてもダメなら俺もダメだな」

源蔵ケ原の家で言った尾崎さんの机の上に『まあ坐れ』という書物が載っていた光景を、私は恐らく一生わすれないだろう。

熱海小旅行の欠席会員には室生犀星、井伏鱒二、三上秀吉、榊山潤、小城美知、小金井素子などの諸氏がおられたわけだが、その後、私が「あらくれ会」の月例会へよばれたり、やがて岡田さんと尾崎さんの推薦で会員にくわえられるようになったのも、この旅行への偶然の参加が機縁となったのであった。

ふたたび舟橋さんの『私の履歴書』をみることにする。「行動」という誌名に触れた部分のつづきである。

*

はじめはただ、アクションという意味であったが、翌年、小松清がフランスから帰って来て、行動主義を提唱したため、その機関誌たる感じになった。そのため、早速警視庁特高に目をつけられ、小松がフランスの人民戦線から秘密指令を持って帰国し、それが行動主義の波に乗って、革命的陰謀を持つ人民戦線に発展するだろうという見込みであった。

折柄、共産党の弾圧が相次ぎ、プロレタリア文学も往年の精彩を欠くに至ったので、行動主義が俄かにジャーナリズムの脚光を浴びた。昭和九年十月の「行動」に発表した私の小説「ダイヴィング」も、行動主義のサンプルのように言われ、反響が高かった。しかし実際には、いわゆる純文芸派からはソッポを向かれ、公式的なマルキストたちからは、ファシズムの危険があるとして痛烈なる非難を浴びた。好感を寄せてくれたのは、青野季吉《すえきち》、戸坂潤、三木清などの諸氏で、大森義太郎、岡邦雄などからは罵倒に近い批評を書かれた。

しかし、「行動」の名が今日なおわずかにのこっているのも、一つにはこうした論戦があったためで、『ダイヴィング』以外に目星しい行動主義作品は掲載されなかった。行動主義に共鳴した人びとには、そのほか横光利一、窪川鶴次郎、貴司山治《きしやまじ》、阿部知二、春山行夫、伊藤整、矢崎弾、十返一《とがえりはじめ》（肇）、板垣直子、芹沢光治良、武田麟太郎、井上友一郎、田村泰次郎、福田清人、豊田三郎の諸氏がいた。そして、「行動の会」には、そういう人びとのほかにも阪中正夫、坂口安吾、中山義秀《ぎしゅう》、丸岡明、庄野誠一、中村地平、安藤一郎その他の人びとが顔を出したのではなかったろうか。

「行動の会」については、九年七月号の余白に小さな記事が掲載されている。のちにカルコの『芸術放浪記』やシャルドンヌの『祝婚歌』などを翻訳した東京外語出身の永田逸郎君もすでに編集部へ入っていたかと思うが、この文章の執筆者は恐らく豊田さんであろう。

巴里でも、ロンドンでもベルリンでも心置きなく文学を語る場所がある。東京にも一つ位あってもいいじゃあないかというので出来たのがこの会。毎週水曜午後七時からムーラン・ルージュ近くのジャスミン（註：伊沢蘭奢《らんじゃ》の親戚が経営。蘭奢の蘭からジャスミン）という茶房で茶を啜りながら文人達が集って友情を温めたり、文学を談じたりする。いつも盛会だ。

ムーラン・ルージュが新宿における軽演劇の常設劇場であったことは今後も風俗史などにのこされていくにしろ、その場所はすでにわからなくなりつつあるだろう。現在の紀伊国屋書店の前から大通りをわたって、右に武蔵野館をみながら甲州街道のほうへ進んでいくと右側にあって、ジャスミンという喫茶店はその一、二軒手前にあった。経営者は、新劇女優伊沢蘭奢の親戚であったとのことである。なお、ついでに触れておくと、昭和十一年十月二十五日に「人民文庫」の同人は徳田秋声研究会をひらいていたところ、無届集会のかどで淀橋署に総検束された。その折の光景は田村泰次郎君の『わが文壇青春記』に詳述されているが、会場は大山《だいせん》という当時としては大きな喫茶店で、ジャスミンとその大山とは筋向いの位置にあった。「行動の会」はあまり長つづきしなかったが、私はその日になると大きなスケッチブックと六色の色鉛筆を持ってジャスミンへ行って受付けの役をつとめた。来会者には色彩を各自の選択にまかせて、その色鉛筆でスケッチブックにサインしてもらった。そして、それと引き換えに茶菓券を受け取った人はどこでも好きな場所へ坐って勝手な相手と勝手にお茶をのみながら話してもらおうというのが、その会の仕組みであった。戦後のカクテル・パーティにくらべれば幼稚なものだが、その自由さにおいては遜色がなかった。スピーチひとつなかったところなど、むしろこの会合のほうが一そう自由であったかもしれない。

十返肇を私がはじめて識ったのもこの会合の折で、中河与一氏が主宰していた「翰林《かんりん》」という雑誌に武田麟太郎さんが書いた十返の印象記によれば、彼はそのころ一日に一食しかしていなくて、二食すれば煙草がすえなくなると言っていたそうである。そして、これもまた「翰林」に書いた私自身の『九段四丁目』という随筆によれば、私が十返と最初に逢ったのは九年の六月で、そのとき彼から名刺をもらったと記されている。

武田さんの文章と私の文章とのあいだに何ヵ月かの時がおかれているとしても、食を詰めるほどの身で名刺を持っていたというところに、当時の十返がなんとかして文壇に足がかりをつくりたいと考えていたいじらしさが感じられるのだが、彼の住所をみて私は驚いた。

その折の名刺を私は保存しているわけではないが、「翰林」に記載されている彼の住所は麹町区土手三番町三の庵原方で、その家は茅ケ崎の結核療養所として名の高かった南湖《なんこ》院の本院の筋向いにあった中華ソバ屋であった。その二階に彼は間借りしていたのだが、私が驚いたのは、そのころ私が間借りしていた家とその家とが、徒歩で十分もかからぬほどの近距離にあったからにほかならない。しかも、十返はその直後から、紀伊国屋出版部ではなく、紀伊国屋書店のPR誌であった「レッェンゾ」を嘱託というような身分で編集することになって、週に一回は私とおなじ建物へかよって来るようになった。そういう二つの関係が、私たちの間柄を急速に接近させることになったのであった。

私は、彼の家を訪問したことがない。彼と一しょに彼の家の傍まで行った時にも、彼が書物かなにかを取りに部屋へもどって、ふたたび出て来るまで外で待っていた。同様に彼もまた、私の部屋へはあがったことがなかった。それは、どちらが言い出したわけでもなく、自然にそうなった一種の不可侵条約のようなものであったが、彼は十二時ごろになると、私の部屋の窓の下へ来て、

「野口イ」

と、声帯のこわれたような独特の割れた声で呼んだ。そして、私たちは九段の花柳界に近いブルースという喫茶店か、それより市ケ谷寄りの靖国神社の側にあった源来軒という中華ソバ

屋か、やはりおなじ側のずっと市ケ谷駅に近い夢の里という喫茶店へ行った。

夢の里といえば、思い出されることがある。ある日、突然休業をしたので、その数日後になってからまた行ってみると、

「変なお客さんでね、紅茶を注文されて持っていくとさ、君たちの前で死んでみせようかって言うでしょう。なに言ってんだと思ったから、いいわよ、死んでごらんなさいって言ったら、紅茶茶碗の中へ青酸カリを入れてね、がぶって飲んでほんとに死んじゃったの。驚いたわア」

と、その当事者らしいウェイトレスの一人が言った。

昭和七年には、五月九日に神奈川県大磯で坂田山心中が生じると、おなじ場所で二十組の男女がおなじ死に方をした。翌八年には、一月九日に大島三原山の噴火口へ実践女子専門学校生が投身すると、それがまた一種の連鎖的な流行現象となって、一年間に男女合計九百四十四人が三原山で生命を断った。そういう飛び火の火の粉の一つが、私たちの住んでいた至近距離のところでもはかなく消えていったのであった。

自殺が生きようとする意志の否定かどうか、死へのあこがれというようなことも動機の一つであったかもしれないが、あれほど大量の自殺者があの二、三年間に集中して出たということは、あの時代が生きるたのしさをうしなわせていたことを意味してはいなかったであろうか。

あの当時の十返肇を、私はそれほど恐ろしい勉強家だというふうには思わなかったが、ねばっこい生活力をもった彼との交際がはじまって、私が一そう自身の弱さを感じたことは否めない。

私が学生時代から三年ばかり居ついた早大裏門通りの下宿屋を引き払ったのは紀伊国屋出版部へ入社した直後で、それから三ヵ月ほど麹町三番町の素人下宿にいたことがあるから、一口坂の停留場にちかい大きな郵便局の横をまがった右側の倉原音次郎というお爺さんが営業していた煎餅屋の二階へ移ったのは、昭和八年の末でなければ、九年に入った早々のころのことであったろう。

煎餅屋の向って右隣りは畳屋で、左隣りは薬品店の勝手口に接していたが、薬品店の店舗はその界隈としては最も繁華な商店街に面していた。そして、その通りは二と七の日が地蔵尊の縁日にあたっていて夜店が立つために、二七通りと呼ばれていた。縁日の露店がならぶのは、尾崎紅葉の『金色夜叉』で悪役を振られた、富豪富山唯継のモデルだとつたえられている出版社の博文館主大橋新太郎氏の邸宅の前から東郷元帥邸のあたりに至るまでのあいだで、大橋邸の卵色をした高いコンクリート塀の脇には、縁日というと、日中からかならず「天神山一家」と書いた高さ一メートル余の角材が立てられた。アスファルトの道路にそういう角材が立てられたということは、その部分に平常から穴があいていたものと思われるから、警察がそれを許可していたか、ないしは目こぼしをしていたのであろう。

そして、露店商は明るいうちから集まってきて、天神山一家の若い衆に自分等の店を出す場所を割り当ててもらっていた。場所の良否によってその日の営業成績を左右される商人たちは、若い衆の後にぞろぞろしたがいながら、真剣な眼つきでその通りを往ったり来たりしていた。

場所の割り当てが最終決定をするまでには、およそ二時間ちかくを要するようであった。

ちょうど縁日が日曜日とかさなったとき、私は食事に出た帰途かなにかにそういう場面へ行きあわせて、終始一貫彼等の一群とはすこしはなれた間隔をとりながら、場所の割り振りの有様を見て歩いたが、若い衆にうさんくさい眼で見られたなと気がつくと視線をはずしながら、いつまでもあとをつけた。べつに、そういうものを調べて書こうというような意図があったわけではない。どこまで自分の根気がつづくか、それをためしてみたいという程度の気持でしかなかったが、要するに私は暇をもてあましていたのであった。

大橋邸と向い合わせの位置に家政学院の旧校舎があった。塀もなくて、いきなり道路に面したモルタル造りの粗末な校舎であったが、私がその前を通るのは日曜か祭日にかぎられていたので、ふかぶかと校舎にからんだ蔦の葉が教室の窓の部分だけ規則的に空白になっているのが、ウイークデーになるとそこから顔をのぞかせる婚期のせまった若い女生徒を連想させて、その連想が間接的なものであるだけにかえって強く私の胸をしめつけた。

私はむろんまだ独身であったし、当時の私の収入では結婚など考えられぬことであった。私は職をもっていたとはいうものの、あたえられていた俸給は当時としても零細なもので、実質的には完全に親がかりの身であった。煙草銭という言葉があるが、私の場合、俸給はまさに煙草銭でしかなかった。そして、それは当時の私がそれほど大量の喫煙者であったということをも意味していた。

そのころ家政学院の新校舎はまだ竣工していなかったが、建築中の新校舎とは背中合わせの位置に大妻高女があった。大妻高女の脇をぬけていくと千代田高女の前へ出た。その近くには女子商業もあったし、電車通りを越えて一口坂《いもあらい》をくだって行くと三輪田高女の前へ出た。そして、外濠の対岸には成女高女もあったので、登下校時の市ケ谷駅附近は女学生の波に埋めつくされ、女学生の川に押し流されるようであった。しかし、十返や私と彼女等とのあいだには何一つつながるものもなかった。私たちと彼女等とは、まったく別世界に生きているかのようであった。

煎餅屋の二階は二間あって、私は表通りに面した六畳間にくらしていたが、その部屋の窓の外には洗いざらした紺地の布に「草加厚焼せんべい」という文字を白い布で縫いつけた、畳一畳ほどもある大きな旗がひらめいていて、私をたずねて来る友人たちの目印になっていた。

家出をして、のちに私の友人と結婚をした私の女友達が、家出をした日の朝、突然私をたずねて来たのも、その家のその部屋であった。その時まだ床の中にいた私は階下のお婆さんに声をかけられて眼をさますなり飛び起きて大あわてで夜具を押入れへ押し込むと、女友達を部屋へ通してから火鉢の炭火をふきおこしたり、お茶をいれたりしたが、寝こみをおそわれた出勤前の私より、親を棄てて家を出て来た女友達のほうがはるかに落ち着いていた。それはすでに心構えのできていた者と不意をつかれた者との相違であった一面、強い彼女と弱い私との相違でもあった。女友達は高名な工芸家の令嬢で、生活の苦労など観念としてしか知っていないはずであったが、彼女には一つの意志をもっている強さがあった。

「……お金は用意してあるの」

これから自活していくつもりだと話されて私がたずねると、長い脚を横坐りにして書棚へ背をよせかけていた彼女は、胸を抱きかかえるような感じで腕組みをしたまま首を横に振った。その瞬間に、短かい髪がゆれた。

「この人が、おふくろ以外ではじめてこの部屋に通った女性だ」

そういう感じが、その髪のゆれ方にはあった。

女給、ダンサー、事務員——そういうものになれる人ではないことがわかっていただけ私は一そう不安であったが、女友達は万一にも私を識っている彼女の母が私の許へたずねて来た場合、心配しないようにと言ってほしい旨を私のところへあらかじめ伝言に立ち寄ったわけであった。

私が出勤前であったために一時間たらずで立ち上ったが、彼女は立ちがけに、これから銀座のデパートへ行ってたくさん買物をするのだと言った。そのデパートは彼女の家が買いつけにしている店なので、売場の懇意にしている店員に伝票をまわせば何を買っても掛け売りがしてもらえて、その請求書は親許へいくことになるのだとのことであった。

「あたしのふところが痛むわけじゃないんですもの、うんと買い込んでやるわ」

「そういう目的なら、あれこれ買い散らすより、なるべく小さくて高価なもの、たとえば指輪とか時計のような貴金属類なんかを買っておけば、いよいよ困った時に役立つんじゃないかな」

連れ立って寒い朝の戸外へ出ると、私は寒気と羞恥で顔があからんで来るのを意識しながら、女友達の前にそっと五円札を一枚さし出した。その紙幣を彼女にわたしてしまうと、私の懐中には五十銭玉が二枚くらいしか残らなかった。私は彼女に訪ねられても、精神的には無論のこと、物質の上でも何ひとつ役に立てない自身が辛かった。買物の上での悪知恵をつけるくらいのことしかできない自身が、やり切れなかった。

辞退をされて、そんなことを言わずにと押し問答になったことだけはおぼえているが、あのとき女友達は、はたして私がさし出した五円札を受け取ってくれたのであったろうか。たぶん受け取りはしなかっただろう、というのが現在の私の考え方である。

それから、彼女は日本橋あたりの美容院の助手に住み込んだり、女性ばかりによって運営されていた雑誌に短篇小説を発表したかと思うと思想関係で留置場へいれられたりして、私の友人との結婚生活へ入るまでには、なにかと曲折の多い道を歩いたようであった。

彼女の予想どおり私の勤務先へ母堂がたずねて来たり、入れ違いに女友達がフラリと姿をあらわしたり、その逆の場合もあったりして、私もしばらくはその事件の周辺におかれたが、どこまでも私は周辺の人間にとどまって、ついにその事件の渦中に巻き込まれることはなかった。彼女の出奔の理由にも、恋愛や家庭のことばかりではなく、あの時代に特有な思想上の問題もからんでいたようで、時おり顔を見せる度ごとに憔悴の色が濃くなっていたことから察しても、その苦悩がどれほど彼女をさいなんでいるか、私は見ていていたましかった。

異性との交渉をもつことは、どんな意味ででも悪くない思いがするはずの年齢であったのにもかかわらず、私はその女友達の場合にかぎって、彼女が自身の前にあらわれてくれないことを願った。あらわれればいたましくて、私は見るにしのびなかったからであった。したがって、彼女が私の友人との結婚生活に入った時には、祝福をするよりほッとした。

たまたま社から早くもどっても、私は部屋にとじこもっていることに飽きると、どてらの上にインバネスを羽織って新宿へ出た。その時によって行く先は違ったが、山の小屋という店へ行くことが多かった。山の小屋は現在の新宿京王映画館の前あたりにあった横丁を入って、右へまがった右側にあった。常連には第一書房主の長谷川巳之吉、春山行夫、小松清、福田清人、三浦朱門君のお父さんの三浦逸雄《はやお》、井上友一郎、田村泰次郎の諸氏がいて、十返もその一人であった。その店ではビールも飲ませたので、皆の顔が合うと、それからどこかへ場所をかえることもあって、たぶん小松さんが自分の家に来いと言い出したのがきっかけではなかったかと思うが、私は高円寺だか阿佐ケ谷だか、とにかく中央線沿線の町を、井上、田村、十返などの顔ぶれで深夜まで歩いたことがある。そして、結局はそのころ小学校の教員で同人雑誌に小説を書いていた近藤弘文君の家にみなで泊まりこんだ。みなは近藤君の奥さんをミッキーとなれなれしく呼んでいたので、前からなじみがあって、彼の家に泊まったのも初めてのことではなかったのだろう。その家に着く前であったが、

「日本には、自由主義が徹底しとらんな」

と、チョビ髭をたくわえていた小松さんが言った。むろん、思想的な意味をふくめての言葉であったが、パリでは男女が道端で接吻をしている光景などはざらに見られるもので、セックスの面でもまことに開放的なのに、日本の女たちはおつに澄ましすぎているとも附け加えた。

すると、井上さんも、田村君も、十返も、口ぐちに、

「日本はチクとつまらんのうし」

という言葉をなんべんも繰り返しながら夜道を歩いた。近藤君の家に着いてからも繰り返した。そのころ田中貢太郎氏の『旋風時代』が評判になっていたので土佐弁をまねたのであったが、あるいは彼等のうちの誰かが田中氏と直接つき合いを持っていたからであったのかもしれない。

「日本はチクとつまらんのうし」

近藤君も、私もその言葉をまねた。まねているうちに、だんだん悲しくなった。

十返もようやく評論家として売り出したばかりであったし、井上さんも田村君も新進作家というより新人と呼ばれだしたばかりのころであった。

＊

渋江典子は、そのころ十日に一度か、すくなくとも二週間に一度は私の勤務先へ電話をかけ

てよこした。私には喫茶店へ行っていたり、職業がら席をはずしている機会が多かったし、出版部には豊田三郎さんや永田逸郎君ばかりではなく、経理の重政敏君とかタイピストなどもいたから、電話の受話器を取るのは私ばかりにかぎらなかったのに、不思議と彼女から電話がある時には私が出た。典子には透視力があるのではないかとおもわれるほど、彼女の場合にはそういう偶然がかさなった。

私たちが打ち合わせて落ち合うのが、いつも銀座ときまっていたのは、彼女が日本橋の百貨店の宣伝部に勤務していたからであった。大通りにある洋菓子店で待ち合わせると、私は典子の案内で天ぷら屋、トンカツ屋、おでん屋というような、いつもきまって裏通りにある小さな店の軒をくぐったが、年齢は私より一歳下でも、収入は私の三倍ちかくもあった彼女がそういう店の勘定を払った。彼女は年長の私に姉さんぶることが楽しげな様子であった。

「僕にも払わせてくれよ」

入口に縄のれんを下げて、店の土間に醬油樽の椅子が置いてあるフランス料理店へ案内されたとき、私は思い切って勘定を持ったことがある。それはその店が、それまでに彼女と出入りしたどの店よりも金がかかりそうだと思われたために、私は特にそれを申し出る気になったのであった。

「大丈夫?　足りる?」

私が勘定を命じたとき、典子は笑いながら耳許へささやいてよこしたが、はたして私の想像どおりであった。そのために、私はそれから幾日か喫茶店がよいをひかえねばならぬ結果になってしまったが、それでも私は何かほッと充ち足りた思いをした。

「お茶碗で御飯を食べさせてあげるわ」

それから数日後に、彼女は自分のアパートへ食事をしに来ないかという電話をかけてよこした。典子は、私が魚肉ぎらいのためにいつも獣肉系統のものを食べて、平たい西洋皿の食事ばかりしているので、たまにはナイフやフォークを使用しない食事もしてみたいと言ったのをおぼえていたのであった。

「あ、あのこと？　あれは冗談さ」

私は、彼女が突然自身のアパートへさそったという意外さに虚をつかれた思いで、うろたえまいという心から、故意に軽い口調で言った。

「あたしのお心づくしよ。レディーのご好意にはあまえなくちゃいけないわ」

典子の勤務先の電話はどんな場所に置かれてあるのか、周囲には他人の耳がないのか、それは言葉そのものよりも遙かにあまい声と口調であった。彼女は浜松町のアパートに十歳ちかくも年長の女友達と二人でくらしていたが、今日はその友達が不在でおそくならなければ戻って来ないはずだから、ゆっくりしてもらいたいと言った。

私がそれまで一度も彼女の部屋をたずねたことがなかったのは、典子が私を寄せつけなかったからではなかった。自分がその部屋を訪問しない理由の一つに彼女の年長の友人の存在を挙げていたのは、私の単なる口実に過ぎなかった。

新宿あたりのなじみの喫茶店へ行けば、他の客の存在も無視して、たとえ口先だけにもしろ自身の恋情をうったえることのできた私ではないか。銀座で学友たちと飲酒のつきあいをすれば、自分の体内には一滴のアルコール分が入っていなくても、酩酊している学友たちとおなじような口をきいたり行為ができた私ではないか。円タクをひろって吉原や洲崎へ行ったり、隅田川を越えて玉の井の迷路に青春のはけ口を平気でもとめることができたのに、どうしてそんな私が典子に対すると、立ちすくまずにはいられなかったのであろうか。

「七時半よ。それより早く来ても、何も出来てないわよ」

典子は、そう言って電話を切った。

彼女の部屋には、季節の花が飾ってあった。私の好きな、マケドニアという煙草も買ってあった。ワンピースの上に洒落たデザインの割烹着をつけた典子はかいがいしく立ち働いて、シジミの味噌汁をつくってくれた。卵焼や、ビーフソテーや、味噌漬などをこまごまと食卓の上にならべ立ててくれた。そして、それは約束どおり魚肉をまったくのぞいた、いかにも心のこもった手料理であった。家庭料理ともまたちがう、いかにも勤めを持っている女性が、勤務先からもどって来てととのえたという感じのにじみ出ている献立であった。

私たちは、そういう食事がすむと食卓を脇に片寄せて、紫色の麻の葉の絞りのある蒲団をかぶせた置炬燵の中へ膝を入れながら差し向いに坐った。部屋の入口には、鍵のかかるドアがあった。ドアの内側には、鍵穴から室内をのぞかれても見えないように地の厚いカーテンが引かれていた。そういう用心ぶかさが、いかにも女二人ぐらしの部屋だということを感じさせた。そして、そのときそこには典子と私のほかに誰もいなかった。

私たちは、そうして二時間あまりも語りつづけたであったろうか。その結果、それまでにも増して私たちは打ちとけ、親愛の度をふかめたかのようであった。いや、そう思ったのは私だけの独り合点であった。語りつづけていた典子が、突然口をつぐんだ。その気配に私が彼女を見ると、彼女の顔は硬くこわばっていた。その頰に、かすかなソバカスがあった。はじめて気づいたわけではなかったが、私が典子とソバカスとを切りはなして考えられなくなったのは、その瞬間以後である。沈黙をやぶったのは、典子であった。

「あなたって、まじめな人なのねえ」

彼女はその言葉をなんでもないことのようにさらりと言うと、食べ殻の蜜柑の皮を盆の上に集めた。そのほそい指の根元に、笑窪のようなくぼみがあった。

それは、抑揚をまったく欠いた独り言かとも受け取れるほど、じつにしずかな口調であった。やわらかく、あまいひびきをすらともなう、吐息のような語感であった。にもかかわらず、私はいきなりドシンと一つしたたかに自身の背中をどやされたような衝撃を受けた。私は自身の頰が火となって燃えるのを感じた。耳の底で炎上する火焔の音をきいた。私はいたたまらぬ羞恥に身を切られたが、すべてはその瞬間におわってしまった。もの皆が、過ぎ去って行ってしまったのであった。

まじめ——

まじめとは、私にとっていったい何を意味する言葉だったのだろう。女という受け身の立場にある典子が花瓶に花を挿し、私の好きな煙草まで用意して、私のためにせっかく設営してくれたただ一度の機会を私はみすみす素通りさせてしまって、まじめなどという愚にもつかぬ一語を獲たにすぎなかったのだ。

三十分もたたぬうちに典子の年長の女友達が寒さに肩をすくませながら戻って来ると、私たちの入っていた炬燵に割りこんで来た。それは、至ってものわかりのいい小母さんのような親近感と、一つの秘密を分ち合う立場にある人間にのみゆるされる遠慮のなさを露骨にむき出した荒々しい態度であった。

彼女は、まちがいなく典子と打ち合わせて、その夜は故意に部屋をはずしていたのに相違ない。それゆえ、女友達はすべてをのみこんだ気になっていた。彼女の鼻の先には、理解という文字を書いた紙片がぶらさがっているようであった。が、彼女には、何ひとつわかってはいはしなかった。

女友達は、私たち——私と典子とのあいだに何ごともなかったのだと真相を打ち明けられたら、なんと思ったであろうか。何ごともなかった私たちは、何ごとがなくても、何ごとかがあったと信じられて致し方のない立場にあった。私は、何ごともなかったということにおいて、それから三十余年をへだてた今日もなお、典子に対してになない切れぬ負担を感じている。私は、恐らく典子にひどい侮辱をあたえてしまったのだ。私の場合は、犯さなかったことが、犯さなかったことによって罪であったのだろう。

が、しかし、私はあの夜、典子をただの肉塊として取り扱いたくはなかった。そんなものがもとめたければ、私はタクシイをつかまえて白鬚橋をわたればよかった。橋をわたって、「ぬけられます」という看板の出ている脂粉と薬液の臭気が立ちこめている迷路へ入って行けば、「ねえ、ちょいと」と小さな窓の中から通りがかりの男とさえ見かければ機械的に呼びかける女たちが群がっている一郭があって、事は簡単に処理できた。そういうオンナたちと典子とを、私ははっきり区別したつもりであったのに、今もなお私のなかにのこっている罪の意識は消しようがない。

　思慮ふかく動かぬものたらんより、
　思慮もなく動くものたれ

キイツの詩が、詩そのものとはまったく別の意味をもって私をしめつけた。

それから、私はレモンを落した酸っぱい思いのする紅茶をよばれたのち、夜ふけて煎餅屋の二階へもどったのであったが、それならば葉子の場合はどうであったのだろうか。

私が千鳥ケ淵の電車通りからイギリス大使館と東条会館とのあいだにある道路を真直ぐ入ったところの左側に相当する麴町一丁目の家に転居をしたのは、昭和十年の夏のはじめであったが、そういう前後の事情から考えて、時期的には確実にその直後のことと判断される。私は仁寿《じんじゅ》講堂か飛行館へ新劇公演の一つを観に行った帰途銀座へ出ると、偶然そこで遭った岡田三郎さんにさそわれるままに現在の和光――その当時の服部時計店の裏手にあたるほそい小路の奥にあったSという酒場へともなわれていった。

Sのマダムは私より十歳ほど年長ながら、現在も西銀座で酒場を経営しているが、私とそのマダムとのかかわりには二つの経路があった。一つは、私の学友たちが学生時代から彼女の店を贔屓にしていたという事情で、私も彼女とはその時分からしたしんでいたのだが、もう一つは、岡田さんも彼女が独立する以前からの古いなじみで、私は岡田さんにもその店へ連れて行かれるようになっていたのである。たった一度だけだが、やはり岡田さんの案内で、私は徳田秋声先生ともその店へご一緒したことがあった。

「お兄さんでいいさ」

ホステスの一人が、日ごろの習慣でうっかり徳田先生のことを「お兄さん」と呼ぶと、あわてたしなめたマダムを先生が苦笑しながら取りなした光景が記憶の印画紙に焼き附いているが、その時代には現在ほど作家に対する「先生」という呼び方が流布していなかったことも事実である。私はその年かぞえ年二十五歳であったから、私より二十一歳年長の岡田さんは四十六歳で、戦後でいえば六十歳ちかくの取り扱いを受けていた。にもかかわらず、その店のホステスで岡田さんを「先生」と呼んでいる者は一人もいなかった。ただ一人の例外はバーテンダーだけであった。

「すしを食って行こう」

十二時ちかくになって私とその店を出た岡田さんが、店を出るとき特にふかいなじみになっていたホステスの三千代と立ち話をしていたことに私は気がついていたので、資生堂よりすこし新橋寄りにあったビルの横手の小路に面したすし屋へ間もなく三千代が後を追って来たことに対しては、当然のことが当然生じたとしか感じなかった。が、その和服姿の三千代にすぐつづいて、白地にセピアの色を墨流ししたような柄のワンピースを着た葉子の神妙な顔がのれんを分けてあらわれたのには驚かされた。

岡田さんとは別行動で、学友たちとその店へ連れ立って行っていた私が、笑うと唇のはしに八重歯がのぞく葉子にひそかな思いを寄せていたことを、岡田さんは三千代かマダムを通じて聞いていたのに違いなかった。が、それにしても、そんな時にそんなところへ彼女が岡田さんと三千代に連れ出されて来たことは、私にとってまさに意外であった。三千代は岡田さんの隣りへ腰を掛けて、葉子には私の隣りへ坐らせた。

その頃、円タクの難所と言われた品川、八ツ山下で、ある夜、非常警戒の網にひっかかった円タクを取調べると、数十台となく列をつらねている車の大半が若いダンサーや女給をつれた酔客によってみたされていたという。酒によって煽られた雰囲気が伸びるべき方向へ伸びてゆくのはむしろ自然の成行というべきもので、ネジのゆるんだ政治力は庶民の生活から一切の安定感を奪い去った。その日ぐらしの感情は、いよいよ救うことのできない末期的な形をつくりあげてしまったのである。

これは尾崎士郎さんの戦後の小説『天皇機関説』の一節で、昭和十一年の二・二六事件直後の東京風俗をえがいている部分だが、私の記憶によれば、そういう検問が特にきびしくなったのは昭和七年の五・一五事件ごろからであった。そして、その警戒の目的は政治思想犯の逮捕にあったのだが、八ツ山橋は旧東京十五区と郡部との接点に当っていたばかりではなく、新東海道に通じる国道の起点にも相当していたので、タクシイの乗客がしばしば検問を受ける結果になった。そして、そこで「若いダンサーや女給をつれた酔客」が往々にして警戒の網にひっかかったのは、国道ぞいの鈴ケ森近辺にスナブロと称される連れ込み宿が密集していたからにほかならない。したがって、そこへ行くことを承知の上で葉子が私たちと一しょにタクシイに乗ったということは、ある種の覚悟をしていたことを意味している。八ツ山橋の検問にひっかかった場合、男女ともに警察へ連行されても、男はたいていその場で釈放されて、女だけが売春のうたがいで、なんらかの処罰を受けることは、未経験者でも、知らぬ者がないほど周知の事実となっていたからであった。

私は昭和四年の夏を中心とする半年ほどのあいだ、のちにシナリオ・ライターとなって現在も映画やテレビで活躍している高岩肇と、鈴ケ森刑場址のすぐ近くにあった海岸ぞいの、ポプラの家というアパートの二間で共同生活をしたことがある。現在では山下新日本汽船の社長になっている山下三郎君も、その時分には小説を書いて川端康成氏にもみとめられていたような存在で、三日にあげず私たちの部屋へ遊びに来ていた。

そのアパートには宇野千代さんや高田保さんなども居住をしたことがあるらしく、私たちが住むようになってからも郵便受けに宇野さんや高田さんへ宛てた寄贈誌などが入っていたことがあったが、宇野さんの『ポプラハウス物語』という短篇小説は、ここにおられたころのことをえがいたものである。その時分、私は時たまひとりで近くを散歩してスナブロの外見だけは見ていたものの、内部の構造を知ったのは、岡田さんに連れられて行ったその夜が最初であった。

戦後の温泉マークが温泉とはなんの関係もないように、その当時のスナブロも温泉や浴場とはなんの関係もなく、はじめは岡田さんたちと一しょに通された部屋で番茶などを飲んでいた私と葉子が、やがて女中の案内で一たん履きものを履いて通された隣りの座敷も、岡田さんたちの部屋とまったく同じ構造であった。

ガラス戸のはまった格子戸を開けると畳一畳分ほどのタタキになっていて、そこをあがったところにすぐ六畳間があり、その左手が洗面所で、右手が三畳の寝室になっている。そういう間取りの座敷が二組で一棟になっていて、幾棟かを一人の経営者が統轄しているのがスナブロという営業なのであった。

私は、案内して来た女中が去って行くとすぐに立って行った葉子が、ガラス戸の錠を内側からしめている後ろ姿を六畳間の中央におかれた卓子の前に坐ったまま見ていた。そして、彼女がそういう場所へはじめて来たのではないなと思った。そういう認識が、その夜の私の行動にほとんど抵抗を感じさせない原因となった。

その夜の私たちには行為だけがあって、会話はほとんどなかった。

私が葉子に思いを寄せていたことは、Sのマダムも三千代も知っていたほどであったし、その結果がそういう夜を私にもたらしたのであったが、その夜の私にはまったく自主性がなかった。私は流れに浮いた一枚の木の葉で、流れが私をそこへはこんだに過ぎなかった。そして、そのことが私を楽しませるよりもかなしませた。

一週間ほど経ってから、私が学友と二人でSへ行くと、マダムは私の名を呼んで別のテーブルへ連れて行った。

「葉子ちゃんは何も言わなかったって言ってたから、あんたは知らないと思うけれど、あの人、店をやめたのよ」

「いつ」

「あの次の次の日までで」

「どうして」

「あの人ね、結婚をすることになっていて、前からあの次の次の日かぎりで店をやめることになっていたの。だから、あの晩は、その前の前の晩だったの。あんたを前から好きだったから、あの晩どうしましょうってあの子に聞かれて、あたしが、行ってらっしゃいって言ったの」

「知らなかった」

「当り前よ。それを言ったら、あんたのことだから手出しをしないことが、あたしにはわかっていたもん。だから、葉子ちゃんにも、その場でいやになったら結婚のことを言いなさい。想いをとげようと思ったら、黙っていなさいって、あたしが言っといたんだもん」

「しかし、三千ちゃんも葉子ちゃんが店をやめる日は知っていたんだろう」

「知っていて、あのお喋りが最後まで黙っていたんだから、後でお礼を言ってやって」

「うん」

「話は、それだけ。……さ、むこうへいらっしゃい」

「しかし、僕は最後まで葉子ちゃんの苗字も知らなかったんだからな」

「そんなもの、いまさら知ってどうするの。苗字なんか、もうすぐ変っちゃう人なのよ」

「それにしても……」

立ち上りかけながら私が言うと、

「あんたは、それだからダメなのよ」

私は、マダムに腰のあたりを軽くたたかれた。むこうの席から、友人が私の名を呼んだ。

昭和八年十月に創刊された「行動」は、私にそういうことがあった直後の十年九月号が終刊号となって、株式会社紀伊国屋出版部も同年八月末をもって解散になった。豊田さんには多少の予備知識があったかもしれないが、私には寝耳に水であった。田辺茂一さんが書いたものによると、当時の金額で十七万円の赤字であったとのことである。

麹町一丁目の家で失業後の浮かない思いをしていたとき、岡田三郎さんから電報が来て大森山王のお宅をたずねると、都新聞社で校正部員の臨時採用があると文化部長の上泉秀信さんからきいて私のことは頼んであるから、試験を受けてみろというすすめを受けた。そして、その試験に応じた私が採用の通知を受け取ったのは、おなじ年――二・二六事件の生じる前年の十月なかばのことであった。

その日私は

渋谷区幡ケ谷本町三丁目五七一番地に私が居住したのは、昭和十六年の夏から翌十七年春にかけての短期間でしかない。

いま地図をみると、渋谷区の最北端にあたるその場所は、新宿区と中野区の区界にむかって突き刺さるように一ヵ所だけ張り出している。私が都心への往復に乗り降りしたバスの停留所は十二社《そう》の池の坂下にあって、たしか池ノ下といったが、そこは甲州街道のガスタンクと淀橋浄水場の裏手にあたっていた。バスがなくなると青梅街道の成子坂下から歩かねばならなかったが、私の家は池ノ下からでも徒歩七、八分の距離にあったので、成子《なるこ》坂下からでは十五分ちかくもかかった。

当時、私は平野謙、大井広介《ひろすけ》両氏のすすめで「近代文学」の前身ともいうべき「現代文学」の同人になっていて、その二軒長屋の片翼をなしていた借家も大井君がみつけてくれたものであったが、実はこの番地も、最近に至るまで私には思い出せなくなってしまっていた。

それがたまたま判明したのは、何年ぶりかで反故類の大整理をしたとき、女房が雑多な紙屑の中から偶然みつけ出した郵便物の封筒からであった。

封筒は私の書きものが掲載された「新潮」の空き袋で、厚手のクラフト紙にななめの格子縞のような図柄の枠と誌名がセピア色で印刷されてある。そこに、私の住所氏名が、筆跡から明らかに楢崎勤氏の文字とわかるペン字で記入されていたのだが、さすがにインクの色は褪色して時の経過を物語っている。

私が昭和十六年十二月八日——太平洋戦争勃発の日に遭逢したのは、この三畳、六畳、八畳という三間の家でのことであった。すでに私は一児の父となっていて、その子供は半月後に満一歳の誕生日をむかえようとしていた。

「……お父さん」

書斎兼寝室として使用していた奥の八畳間で女房に呼び起こされたのは正午ごろであったから、私はその日も半徹夜をしていたのであろう。女房はついに辛抱しきれなくなって、私を起こしたのであった。

「さっきからお隣りのラジオが聴こえてるんですけど、日本が戦争をはじめたんですよ」

一庶民にすぎない女房のこの表現は、かなり重大なものをふくんでいる。女房は戦争がはじまったとは言わずに、日本が戦争をはじめたと告げた。当日の大本営発表は、庶民にそのような受け取り方をされても致し方のないようなものを持っていたことを意味する。

「……戦争？　相手はどこだ」

むろん、私も野村吉三郎特命全権大使が渡米して、外交折衝にあたっていたことは新聞で承知していた。が、そのとき私の脳裡には、交戦国がソ連ではないかという思いがはしった。当時の日本は必要以上に満洲に拘泥していたので、張鼓峰《ちょうこほう》とノモンハンでは大敗を喫しているのに、性懲りもなく討って出るという可能性があった。すくなくとも日本の陸軍というものが、私にはそのような存在として認識されていたのであった。

「アメリカ、らしいんですけど」

「アメリカ……？」

私は床の上に半身を起こした。

「出掛けるから支度をしろ。……お前もだ」

現在でも私は寝呆けるということがほとんどないが、これらの会話は瞬時のうちにとりかわされた。そして、その私の言葉を、女房はどこかへ避難でもするつもりかと思ったと、のちになってから言った。

新宿には、現在でも昭和館という映画館がある。位置はすこし変っているかもしれないが、そこでそのとき『スミス都へ行く』というアメリカ映画が上映されているはずであった。アメリカと交戦状態にはいれば、アメリカ映画は観られなくなる。すでに上映は中止されているかもしれないが、上映されていれば私はぜひ観ておきたいと考えた。

『ある夜の出来事』という映画に接して以来、私はロバート・リスキンとフランク・キャプラというコンビによって製作される映画のファンになっていた。『スミス都へ行く』は、そのコンビのどちらかが死んで残る一人が製作したものであったが、私はほとんど今生の別れというほどの思いで、その映画の主演女優ジーン・アーサーの声を耳底におさめておきたかった。私は彼女の容姿にも惹かれていたが、すこしハスキー気味の声が好きで、彼女が出演した『オペラハット』や『歴史は夜作られる』『平原児』などはいずれも二度ずつ観て、二度目には時どき瞼を閉じながら声だけに聞き入っていたほどであった。そして、彼女が出演しているというだけの理由で、『愛妻は探偵狂』などという愚にもつかぬ映画までみていた。

「現代文学」の同人であった私は青山光二、井上立士《りつし》、田宮虎彦、十返一（肇）、船山馨、牧屋善三、南川潤という八名の同世代者によって結成した「青年芸術派」というグループにも属していたが、それ以前から「作家精神」という同人雑誌にも加入していて、その仲間のうちではのちに東大の独文教授となった佐藤晃一と特に親交をもっていた。

「アメリカはいいよ、ジーン・アーサーはいるしね」

　そう言って私が佐藤を苦笑させたのも、おもえばその前年の九月に日独伊三国同盟などというものが締結されたころのことであったが、私の常識では、勝ち味のまったくない米英を敵にまわすなどということは狂気の沙汰としか考えられなかった。女房に支度を急がせて、満一歳にもみたない息子と三人で開戦の日にアメリカ映画を観に行った私は、もう日本はダメだという思いにしずんでいた。

死ぬ前に、好きな山か海を見に行く。

波か風の音を聞いておく。

それが都会そだちの私に、たまたま映画をえらばせたのであろうか。

そういえば、のちに海軍から赤紙が来て、召集が二日ほどにせまった時にも、私は女房と日比谷公会堂へ巌本真理を聴きに行った。かぞえ年十九歳の巌本真理は国防色のスーツを着て脚をひらき気味にしながら、力強くメンデルスゾーンのヴァイオリン協奏曲を弾いたが、私たちの周囲には、いつ前線へ曳き出されるか知れぬ学生の群れがみちあふれていた。その群れは、死を前にした群れであるという意味で、そのとき私がおかれていた立場に共通するものがあった。

新宿へ行ってみると、それでも『スミス都へ行く』は、私たちをふくめてもなお十人をすこしが、太平洋戦争勃発の日は違っていた。どこかで私は、歴史の流れから一つはずれていた。

し越える程度のまばらな観客を対象に、ほそぼそと上映されていた。そして、その映画は皮肉にも、アメリカの地方都市から中央の政界へ乗り出した一人の青年政治家が、長時間演説に死力をつくして議会政治の腐敗とたたかうという、アメリカ民主主義の精神を鼓吹したものであった。リンカーンの巨大な坐像なども画面にはあらわれたと記憶するが、そのあいだにも昭和館の右隣りにあったカフェからはまことに傍若無人な感じで、日本の緒戦の勝利を告げるラジオ放送と軍艦マーチが間断なく高らかに鳴りひびいて来て、ともすればスクリーンの声を掻き消してしまうのであった。私は軍艦マーチのあいだから、なんとかジーン・アーサーの声を聞き取ろうとした。そして、声がきこえない時には彼女の顔だけを食い入るようにみつめて、戦争の中から戦争とは違うものを懸命になってもとめていたのであった。

赤子連れの外出のために時間を取られて、私たちがあの映画館へ入ったのは午後の二時と三時とのあいだごろであったろうか。いずれにしろまだ明るいうちのことであったが、観おわって外へ出ると、灯火管制下の新宿の繁華街は真暗で人影もとぼしく、夜の冷気が肌を裂いた。三越のすぐ裏のあたりでそそくさと食事をすませてから私たちはバスで帰宅したが、

「寒くねえか」

池ノ下から家にもどる道の途中でたずねると、女房は黙ってコクリとうなずいた。それきり、私たちは言葉をかわさなかった。かわすどんな言葉もないという思いであった。

＊

それにしても、なぜ私は歴史といつもかみ合わないのであろうか。

私は紀伊国屋出版部から発行されていた雑誌「行動」の編集部に、創刊から廃刊まで勤務していた。

そのあいだに、社長の田辺茂一氏や編集顧問格の舟橋聖一、阿部知二の両氏は勿論のこと、編集長の豊田三郎氏や私の同僚であった永田逸郎君ばかりではなく、書店の月報である「レッ

エンゾ」という小冊子の編集を担当して紀伊国屋に出入りしていた十返一（肇）も、なんらかの形でことごとく行動主義文学運動にかかわりを持つようになった。私の周囲は、昭和文学史に一つの爪跡をしるしつけた行動主義一色に塗りつぶされたのにもかかわらず、私だけは、その時にも、ついに行動主義とは無縁のままに終ってしまった。

＊

昭和十一年二月二十六日——二・二六事件の当日にも、私は小さな横すべりをしている。

当時、私の家は半蔵門にちかい麴町一丁目にあって、私自身は東京新聞の前身である都新聞社に勤務していたが、宿直の翌日にあたっていたためか、その日は非番で、夕刻になるまでラジオも聴かずに自宅の茶の間で炬燵に入っていた。もっとも、ラジオはすべての番組を変更して音楽ばかり放送していたというから、スイッチを入れても私は何も知らされていなかったわけであろう。

「行動」廃刊と同時に紀伊国屋出版部が解散されたのは、その前年の八月末日である。

まだ独身であった私はすでに若干の原稿料を獲ていたものの、文筆生活が成り立つほどの存在ではなかったままに、その家の二階を仕事場にして徒労にちかい無為な日々をすごしていたとき、編集者として辱知を得ていた岡田三郎氏から電報を受け取った。そして、大森のお宅へあがると、都新聞社で校正部員の臨時採用があるのだが、試験を受けてみる気はないかとたずねられた。ただし、その試験は社員推薦のある者にのみかぎられているので、すでに上泉秀信氏に話しておいたとのことであった。上泉さんは文化部長であったが、他の部長からも当然何名かは推薦されているはずなので、私の条件はかならずしも有利とはいえなかった。重役推薦の人もいるだろうという想像が、むしろ私を暗くしていた。

「これから試験をしますが、ご承知のように採用は一名、あとの人は不採用になります」

当日の受験者は十二、三名で、かなり待たされたあげく、二階の応接室の前へ呼び集められた私たちは渡辺編集局長からあらためて申し渡されると、なんとも気まずい思いで無言のうちにお互いの顔をそっとうかがい合った。

私より年長の人ばかりで、競争に勝てるという自信はまったくなかったし、勝つということが他人を蹴落す結果になるのだと考えると、私はその精神的な重圧から一刻も早くのがれたい思いで答案を書きとばして、真先に試験場を出た。

当時の私は、現在の自分には信じられないほど速筆であったが、新聞社には、その点が買われたのであったかもしれない。校正部には私が採用されたが、局長の言葉にもかかわらず、私のほかにもう一人採用された人がいて、その人は発送部へまわされた。

初任給は四十円。昭和十年十月なかばのことであった。

「この社にはね、たとえば奥さんにタバコ屋をさせてもいけないという内規がある」

原稿もあまり大びらに発表するのは控えろと私が上泉さんから注意されたのは入社直後のこ

とだが、文化部で文芸欄を担当していた中村地平さんや、家庭欄を受け持っていた北原武夫氏などはどうであったのだろう。

私は以前から識っていた地平さんにさそわれて、日比谷公園の中にあった松本楼のテラスで、コーヒーをのみながら話をしたことがある。地平さんが毛深い人で、ワイシャツの袖をまくり上げると、両腕から指の中ほどまで一めんの剛毛に覆われているのを知ったのはその時のことだから、私の在社期間と考え合わせて十一年初夏のことと判断される。

松本楼のテラスは、数本の公孫樹《いちょう》の樹蔭にあった。その樹蔭に白いペンキ塗りの丸テーブルが点々とおいてあって、地平さんはその一つに私とむかい合って腰掛けると、このまま社にとどまるか、文筆一本の生活に入るかという、二者択一のまよいをめんめんと語った。

一見骨格のたくましげな巨漢であっただけに、私には彼の感傷的な話しぶりが意外であったが、意外であったのはその口調だけで、おなじまよいは北原氏のものでもあったろうし、ひいては私の中にもかすかにひそんでいたはずのものであった。新人大家などという恨めしげな言葉が生まれたのは戦後のことで、苦節十年が戦前の常識であった。当時の雑誌社や新聞社に多くの有為な文学青年が雌伏していた原因も、一つはそこにあった。

井上友一郎氏が入社したのは私が十一年七月に肺門淋巴腺《はいもんりんぱせん》でたおれたまま馘首されてから後のことだが、その年の四月には田宮虎彦と「三田文学」の末松太郎、塩川政一の両君も入社してきて、三人とも本社の社会部へ配属された。私は三人を学生時代から識っていたが、見習生時代の彼等が社会部のデスクにどなりつけられて、オタオタしながら電話で記事取りをしていた姿もおなじ編集局にいて見ている。むろん、折にふれて言葉もかわした。そして、私は最近まで正確なことを知らなかったのだが、沢野久雄もこの時の入社の由で、二月十三日から出社した彼は中野方面の警察まわりをしていて、就職後半月たらずで二・二六事件に遭遇したのだそうである。

元気に入社して来た田宮も、末松も、塩川も、十日と経たぬ間にみるみるやつれていったが、当時の新聞社の勤務はそれほどきついものであった。私にしろ、四週間の日勤が終ると次の四週間は夜勤に次ぐ夜勤で、私が肺門をおかされたのは、そうした不規則な勤務による過労にくわえて不眠症が原因であった。

午後四時に出勤して十二時に退社するのが通常の夜勤であったが、一週間の夜勤中には最終版まで残業をせねばならぬ日が二日はある。しかも当時の最終版は午前二時、おそければ明け方の四時に降版になった。そして、その一週間が過ぎると次週の勤務は毎日午後八時から最終版までときめられていて、さらにこの遅番では週に二日の宿直を課された。

宿直の翌朝は九時に日勤者が出社して来るまでベッドに入っていてもよいのだが、不眠症の私には一睡もできなかったし、帰宅後もうまく睡眠がとれないので寝不足のまま夜勤に入る。これが私の健康にわざわいした。

発病をしたのは昭和十一年七月四日——満二十五歳の誕生日のことで、高熱のために社を早退して帰宅した私はそのまま寝ついて、四十日ちかく床をはなれることができなかった。予後をふくめても五十日そこそこの欠勤で私が解雇されたのは、見習期間終了の直後であったからにほかならない。

「君には、近々社会部へ来てもらうことになっているからね。文化部へは、そのあとで廻ってもらうことになるだろう」

社会部長は私と同姓の野口氏で、副部長は福田英助社長の令息恭助氏であった。私は戦後に社長となって物故した恭助氏から、直接そんなふうに言い渡された数日後に床へついてしまったのであった。

その発病の直前に、深更の路上でゆくりなくもめぐり合わせた一つの情景を、私は今まざまざと思い起こす。

数年前に品川へ移転した東京新聞社の旧社屋は、都新聞社時代から日比谷図書館と道路ひとつへだてた向い合わせの位置にあった。

今でも私は酒がのめないが、すこし勤務に慣れてからは、最終版が降りてから社会部の連中にさそわれるままに、幾度か有楽町のガード下にあった岩崎という夜明かし屋へ行った。そこは各社の記者の溜り場であったが、徒歩でも十五分ほどしかかからなかったので、大ていの場合は歩いた。そんなある夜、私たちは一尾のホタルが闇の中に青い一本の線を引きながら、公園の側から電車通りを横切って帝国ホテルのほうへ翔んでいくのを見かけた。

「あ、人魂」

連れの一人が言ったとき、私は息をのんだ。

私が臆病だったからではない。その言葉には、その時代に生きた者にのみ通じる切ないほどの実感があった。きわめて一小部分のあいだだけにもしろ、真夜中になると骸骨が行列をつくって銀座通りを歩いているという噂が流れたのは、その当時のことであった。それを否定することはたやすかったが、象徴的にはそのような光景が肯定できる時代であった。

その時代とは、二・二六事件と日中戦争のはざまにおかれた、灰色の暮色をおもわせる時代であった。

*

二・二六事件の当日、東京はふかい積雪に覆われていた。当時の記録をみると、陸軍省がラジオを通じてはじめて事件の発生を一般市民に伝えたのは午後八時十五分で、永井荷風の『断腸亭日乗』には「九時頃新聞号外出《い》づ。岡田斎藤殺され高橋重傷鈴木侍従長又重傷せし由。十時過雪やむ」と記載されている。真相とは違っている。報道が不確実だったためである。

そんな状況の中で、私に号外やラジオよりも早く、市中が異様な雰囲気につつまれていることを告げたのは母であった。

「なんだか、兵隊さんがいっぱいだよ」

芝の病院に入院中であった姉を見舞いに行った母が帰宅したのは、まだ廊下のガラス戸をすかして見える空のどこかにほの明るさがとどまっている時刻であったから、午後の五時にはなっていなかったであろう。何処をどう通って来たのか、芝から麴町へタクシイで戻るには青山か赤坂のあたりを通過したはずで、母の見た「兵隊さん」は武器を持って道路を遮断していたとのことであった。

「ともかく社へ行ってみる」

急いで食事をすませた私が、今夜は戻れないかもしれないと言い残して家を出た時には、完全に日が暮れ落ちていた。麴町通りは平時でもあまり明るくなかったが、その日は商店も店をとざして雪明りの中にひっそりしていた。

黄バスといっても、現在では通じないだろう。市ケ谷駅前を出発点として麴町四丁目から一たん平河町の電車通りへ出ると、そこから左折して永田町——国会議事堂の前を通過して霞ヶ関から日比谷公園に突き当り、右折してから内幸町まわりで新橋駅へむかうのが通常のコースで、車体が黄色く塗られていたために黄バスと呼ばれていたものであった。私が通勤に利用していたのも、このバスである。麴町四丁目へ行ってみるとその日もバスは運行していたが、平常なら平河町の電車通りから左折するはずのものが、その日にかぎって右折して赤坂見附のほうへ坂道をくだりはじめた。

私が自身の服装をあらためて意識したのは、その瞬間であった。

母から市中の不穏な様子をきいて家を出た私は、ただの野次馬ではなかったはずだ。帰宅できないことを予想して社へむかっていながら、なんと、私は着流しの和服の上にトンビを引掛けた姿で、足駄をはいてバスに乗っていたのであった。

どうして、私はあんな服装で家を出たのであったろうか。

そういう服装のほうが、何かの折には怪しまれずにすむかもしれぬという咄嗟の判断が、どこかに潜在していなかったとはいえない。が、今となってはその理由をたずねるより、私はいつも自分が歴史とかみ合わぬ人間であることを思い知らされるのだ。

のちに叛乱軍と呼ばれるようになった蹶起《けっき》部隊が山王下の料亭幸楽にたてこもったことは今日ひろく知られているが、知らぬ者は強い。そのときなんの情報もつかんでいなかった私を乗せたバスは赤坂見附からさらに左折して虎ノ門のほうへ進んでいったのだから、当然幸楽の前を通っているのに、私の記憶にはかくべつの怖ろしさがきざみこまれていない。

「いいところへ来た、手伝ってくれ」

社へ着いてみるとさすがに編集局は騒然としていて、部長の西尾さんは私の顔を見るなり言ったが、和服姿をとがめられなかったのは、それどころでないものがあったからに違いない。

そして、その日非番の私が十時前に帰宅できたのは、八時十五分に陸軍省発表のラジオ放送があって、荷風が『日乗』に「九時頃新聞号外出づ」と記している、その号外の校正が八時半ごろには済んでしまっていたからであろう。

翌二十七日も二十八日も夜勤で、私は日が暮れてから出社せねばならなかったが、二十八日の朝には非常線突破章と呼ばれる社名の入った腕章をわたされて、一たん帰宅を許された。

戒厳令は二十七日の午前二時十分に発令されていて、交通は遮断されたかと思うとすぐにまた解除されるという状態を反復していたが、私は家の前まで戻って来てギクリとした。

高橋正衛氏の著書『二・二六事件』のあいだにはさまれている栞の地図を見ると、私の家も都新聞社も立退き区域には入っていないが、私は立退き区域を通って社と自宅のあいだを往復していたのだし、私の家も都新聞社も立退き区域とはいちじるしく近接している。それに、私の家は半蔵門から来ると麹町署の横を入って二つ目の通りを左へ曲った左側にあったが、千鳥ケ淵の電車通りから来れば、イギリス大使館の最も半蔵門寄りにある横の道路を真直ぐ入った左側にあたっていたので、私の家のほうから右手を見ると、真正面の位置にいつもイギリスの国旗——ユニオン・ジャックがひるがえっていた。

そんな場所にあったせいであろう。その通りには電話線が地をはわせてあって、完全武装の兵士が一人、私の家の玄関の軒下に立っていたのだ。銃には剣がついていた。剣は光っていた。そのにぶい光の尖端に、軍国主義日本の切っ先を私は感じた。

戒厳司令部が「集会及び時勢に妨害ありと認むる新聞・広告類の停止。銃砲弾薬、兵器売買授受の禁止。交通は平常通り停止せず。警備配備を厳にする」旨の第二号発表をしたのは二十七日の午後四時四十分である。つづいて同夜九時半「帝都の治安は確実に維持されて居る、流言に迷うな」と放送した。

そして、二十八日に入ると、司令部は午後九時五十二分にラジオを通じて「戒厳司令官隷下の軍隊は　陛下の大命を奉じて行動しつつあり、軍紀厳正、志気亦旺盛なり。東京市内も麹町永田町附近の一小部分以外は平穏なり」と第三号発表をした。

これらの発表があった時刻には、私はふたたび麴町区内幸町の社で読み合わせ校正に声を嗄らしながら、血まなこになって他社との報道合戦に参加していたのだが、二十九日をむかえると司令部は午前三時以後の市内一切の交通機関を停止して、東海道線は列車は横浜、電車は川崎、東北線は電車は川口、列車は大宮まで、中央線は電車は吉祥寺、列車は八王子までとして、以内の電車運転を禁止した。また、叛乱軍占拠地帯周辺にある危険区域の住民に対しては避難命令が出て、午前八時までに住民は避難を完了した。そして、この間戒厳部隊は次第に包囲線を縮小して、半蔵門―赤坂見附―虎ノ門―日比谷交差点に機関銃を据えつけた。

つまり、私の家も都新聞社もほぼ包囲線の中にあったわけで、二十八日の夜勤に入った私が翌朝宿直を終っても帰宅できなかったのは、こうした情勢のためにほかならなかった。

「今からでもおそくない」という流行語を生んだ帰順命令「兵に告ぐ」が放送されたのは、二十九日午前八時四十分で、田村町の飛行館屋上に「勅命下る軍旗に手向うな」というバルーンが揚げられて、「叛乱部隊は午後二時頃を以てその全部の帰順を終り全く鎮定を見るに至れり」という放送があったのは午後三時である。そして、避難民の帰宅が許されて、環状線内の交通制限が解除されたのは午後四時十五分以後だと当時の記録にはのこされているから、号外に次ぐ号外の発行に疲れきった私が勤務から解放されてようやく家路についたのは、午後の三時と四時のあいだであったろう。

むろん、まだ交通は杜絶していたので、いちど西銀座の裏通りへ向った私は竹橋をまわって千鳥ケ淵へ出るつもりで、有楽町附近から内濠のほうへ歩いて行った。そして、濠端の中央気象台のあたりへさしかかったとき、通行人の一群が一本の電柱を取り巻いているのをみとめて立ち停った。そこには一枚の号外が貼りつけてあったのだが、内容の正確を期すために、ここでは『朝日新聞・重要紙面の七十五年』に掲載されている「大阪朝日」の第五号外を写し取っておく。

「遭難者は別人　岡田首相健在す　義弟松尾大佐と判明」

そういう見出しで、そこには次のように報道されている。

「今回の事件に際し岡田首相は官邸において遭難していたものと伝えられまことに痛惜に堪えぬ次第であったが、測らずも今日まで首相と信ぜられていた遭難者は義弟の松尾大佐であった。首相は安全に生存していたことが判明した」

私がそのとき電柱の前に立って読んだ号外は東京の新聞社から発行されたものであったから、これと同文であるわけはない。が、文意はかならず同様であったはずで、私にはもとより岡田啓介なる人物になんの恩怨もなかった。にもかかわらず、それを読了した私は、

「なんだ、畜生、生きてやがったのか」

舌打ちをしたいような思いでそこに立ちつくしているうちに、やがて自身の膝頭がヘタヘタと崩れていって、そのままそこに坐り込んでしまうのではないかと思うほどの落胆にぶちのめされているのを感じた。

死んだと思っていた人が生きていたと知って、あれほど私が口惜しく腹立たしかったのは、考えようによれば、非人間的で残忍な感情であったろう。それを、今になって私は自身の疲労のゆえに帰そうとは思わない。

私はしがない一人の校正要員でしかなかったが、報道とは真実を伝えることが使命で、その使命のために夜の眼も寝ずに全神経を集中して、体力のギリギリまで費消しつくしたつもりであったのに、あれが誤報であったとは何ごとだ。しかも叛乱軍は帰順して、事件の報道は終了したと見さだめたから私は社を去って来たつもりであったのに、私が社を出て疲れた脚を曳きずりながら歩いているうちに、このようなドンデン返しが無残におこなわれていたのだ。

歴史はいつも私を――

残雪に赤く落日の照り映えている内濠の光景は睡眠不足の私の眼にまぶしく、なんというむなしいことに自分は青春のかぎりをつくしたのかという悔恨の思いが、疲労しきった私の肉体の底に重たくのしかかってきていた。

ほとりの私

1

戦前、岩波文庫でスタンダアルの『恋愛論』やゴオギャンの『ノア・ノア』を翻訳出版して、戦後に埼玉大学教授となって物故したフランス文学者の前川堅市氏から、私はある日まったく突然おもいもよらぬことをいわれた。昭和十二年の春で、場所は神田の明治大学の前あたりであった。

「君は河出孝雄の頭をソロバンでぶんなぐって、あの社をやめたんだそうだな」

私たちは通行人のながれを避けるために、せまい歩道の片端しに寄りながら立ち話をしていた。河出孝雄氏は河出書房の初代社長で、氏もまた数年前に亡くなってしまった。

「冗談じゃないですよ。僕が退社を願い出たら、河出さんは引き留めてくださったくらいなんですからね」

あまりのことに、私はそんな噂をながした人の名を追及する気にもなれなかったが、無実にしろ、そういう噂を立てられるような根拠が、私の側にもなかったわけではない。

昭和十一年の七月四日は、私の満二十五歳の誕生日であった。その日、肺門淋巴腺腫脹《しゅちょう》による発熱でたおれて、入社一年未満のために五十日そこその病臥で都新聞社を解雇された私が、社長みずからの交渉を受けて河出書房にむかえられたのは、おなじその年の歳末のことであった。

当時の河出書房は日本橋の通三丁目にあって、電車通りから高島屋の建物ぞいに右横の通りを入ると、右側の角から五、六軒目のところにあった。

成美堂というふるくからの教科書会社を河出書房と改称して、文学書の出版をはじめたのは孝雄氏の代になってからのことで、その時分には処女出版の「バルザック全集」にひきつづいた「モーパッサン傑作短篇集」というシリーズの刊行もおわって、新雑誌の発刊がくわだてられていた。河出さんはその雑誌の編集要員として、都新聞社へ入社する以前、二年間「行動」の編集部に在籍した私を採用したのであった。

が、河出さんの計画は、このとき不測の事態に遭遇した。

その一つの狂いが、私の運命をもすこしばかり書きかえた。あのとき、あの雑誌が順調に創刊されていたら、私は一生といわぬまでも、生涯のなかばを雑誌編集者としてすごしていたことであろう。そういう半生の分岐点の一つが、あそこにはあったのだ。

たしかに、その雑誌の刊行はすでに推進されていて、豊島与志雄、三木清、中島健蔵の三氏を顧問に、いくどか企画会議をかさねていた。出版部には、のちにバルザックの『風流滑稽譚』を訳した小西茂也氏もいて、氏の分厚い近眼鏡が印象にのこっているが、新雑誌の編集長には中村正幸氏がすわって、私はその下につくことになっていた。すくなくとも、河出さんとしてはそういう手筈をととのえていたのに、顧問陣のプランがかたまらなかったのか、ないしは河出さんがプランに満足しなかったからなのか、ともかく発行は行きなやみになってしまった。

かてくわえて、私は最初から、雑誌の方針がなんとか軌道に乗るまでのあいだ営業部にいてくれという申し入れを河出さんから受けていた。それも、教科書会社から転身して日の浅い出版社では、ある程度やむを得ぬ条件であった。

しかし、営業部といっても、私はソロバンひとつはじけるような人間ではない。新聞雑誌に出す広告でもつくっていてくれといわれて、それに従っていたものの、新刊書はせいぜい月に一点内外しかなかったので、どれほど手間をかけても午後には完全に手あきになってしまう。時には出社後一時間もせぬうちに仕事がなくなるという有様で、なんとも所在がなかった。

しかもいけないことには、河出さんと私の机の位置が一メートルとも離れていなかったので、一日中なんどとなく視線が合った。

「……ひまそうだね」

河出さんから言われると、私は同僚の手前それを肯定するわけにはいかなかったが、否定するわけにはなおさらいかなかった。

俸給生活者にとって、仕事がないことほど精神的な苦痛はない。私がひと思いに辞職を申し出たのは、そのためであった。

私の家は半蔵門にあった。そのため、通勤には銀座四丁目までバスに乗って、あとは地下鉄を利用していたが、申し出を河出さんにききいれられたのは、まだその地下鉄の三ヵ月通用のパスの期限が切れてしまわぬうちのことであったから、昭和十二年の二月末あたりであったはずだ。そのとき計画されていた新雑誌は敗戦直前まで生きのびた「知性」で、いま手許にある創刊号をみると発行は翌十三年の五月だから、私が仕事のない営業部に辛抱しきれなかったのも致し方があるまい。

河出さんの頭をソロバンでなぐって退社したなどという噂を立てたのは、誰か私が営業部におかれていたことを知っていた人の仕業であろう。私が「行動」の発行所であった紀伊国屋出版部へ入ったのは昭和八年の九月だから、それから、わずか三年半のあいだに都新聞社、河出書房と都合三ヵ所を移り歩いたことも悪評の原因になっていたのだとおもう。

が、紀伊国屋出版部は経営的にゆきづまって社が解散になったのだし、都新聞社では過労から病いにたおれて解雇されたあげく、河出書房では雑誌の創刊がおくれるという非運にみまわれて、私はむしろ被害者であった。それを、前川さんにまで曲解されてしまったのだ。

「こないだ創元社で人をさがしているっていわれたんだけれど、そんなわけで、僕としては君の名前が出せなかったんだ」

「僕の申しあげたことが嘘かほんとか、こんど河出さんにお会いになったら、直接おききになってください。河出さんが証人になってくださいますよ」

私には、新しい就職口をにがしたことを惜しむよりも、誤解をといてもらいたいという思いのほうがまさっていた。そして、そういう私の心の傾斜は、はたらかなくても一応食うにはこまらぬという立場に置かれていたことと無関係ではなかった。

「わかった」

と前川さんは言った。それから、

「お茶でものむか」

とさそわれたのを、私は急ぐからとことわってあわただしくわかれてしまったが、当時の私はありあまる時間をもてあましていた。アンニュイという言葉が、コップの水にしたたり落ちた青インクのように、あの時代の私の体内にはうすあおくひろがっていて、人生は長すぎるという思いに、いつもつきまとわれていた。

あの年――昭和十二年の夏のはじめから終りにかけて、私が小さなかかわりをもった二人の文学者と一人の経済学者の眼にも、私はなすべき何ものをももたない、無気力な青年の一人としてしか映じていなかったことであろう。事実、次々と職をうしなって、あてどのない一時期をすごしていた当時の私は、あの人たちの人生の流れのほんの一部分だけを、そのほとりに立って、ただながめていただけの人間でしかなかった。

私の眼にした、あの三人三様の水のうねりが、あの人たちの一生にとってどれほど重大な意味をもっていたのか、間近かにたたずんでいながら私によく理解できなかったのは、年齢のためなどでは決してない。日々のパンにこそ不足はしていなかったものの、私自身どうすれば自分の脚でおのれの人生を歩いていかれるのか、それがわからなくて迷っていたからであった。

自分はどうなっていくのか。

時代はどうなっていくのか。

わからないといえば、すべてがわからなかった。

2

江ノ島電鉄の極楽寺と稲村ケ崎の中間に、今はなくなってしまったが、砂子坂という停留場があった。

その停留場のところから、砂埃のひどい道路がいったん右折して、ゆるくまた左へ彎曲しながら稲村ケ崎に通じていたが、道路からはずれて専用軌道の中へ入って行くと、すぐ左側にひくい石段があって、三段ほどおりると碇屋《いかり》橋という木橋がかかっていた。

橋の先の窪地には、屈折の多い小径にそいながら十戸ほどの民家が密集していて、そのあたりは金山という地名であった。一群の民家のうち常住者は二軒のみで、あとは夏だけの居住者ばかりであったから、出入りの御用聞きのあいだでは、金山という地名より小別荘という呼び名のほうが通りがよかった。前住者から居ぬきのまま買い受けた私の家族の避暑先もその中の一軒で、洋間をふくむ四間のほかに、幅のひろいサン・ルーム風の廊下と浴室をもったその家屋は、五十坪の敷地に建てられていた。

神田の路上で前川さんと立ち話をした直後の四月末から、私がその家に出かけて独りぐらしをしていたのは、すでに職を獲ようとする積極性を、ほぼ完全にうしなってしまっていたからにほかならない。

自炊をするのは面倒なので、偏食の私は長谷の踏切りの傍にあった一心亭という仕出し屋に無理をいって、毎日肉類を主とした食事を自転車ではこんでもらう一方、風呂は隣家にたのんで入れてもらっていたから、日常生活の上で不自由をすることはなかった。

非凡閣版の「秋声全集」が刊行されたのはその前年の秋からで、私はそれと、文庫本におさめられているかぎりの漱石作品をのこらず買いあつめていって、気のむくままに読み散らしていた。二、三十ページで投げ出してしまう日もあれば、徹夜で読みふける日もあったが、あの時の読書から、私はなにを身につけたのであろう。おびただしい数の活字が、私のなかをただ通りぬけていっただけのような気がしてならない。

そんな私のところへ、なんの前ぶれもなく突然岡田三郎さんがたずねてみえたのは、五月上旬のことであった。

岡田さんは私より二十一歳年長だから、戦前のかぞえ方では五十歳にちかくて、当時の五十歳は、すでに老年とみられる年齢であった。そんな作家が、無名どころか、まったくの文学青年にしかすぎない私を訪問して来るなどということは、その時分の常識として、ほとんどあり得ぬことであった。驚いて玄関へ出て行くと、

「江ノ島見物に来たもんでね」

帰りに立ち寄ったのだといってから、岡田さんはまだ開けはなしたままになっている門の引き戸のほうを振り返って、その外に立っている連れの人を呼んだ。

「おおい、入って来ないか」
三、四回もうながされてから、うすもののショールで唇のあたりをおおいながらようやく私の眼の前に姿をみせた人は、心もち怒り肩のほっそりとした身体に青い縦縞の単衣をまとった江尻のぶ子さんであった。彼女の和服姿を私が見たのは、その時がはじめてであった。
岡田さんとのぶ子さんとのかかわりは、『玩具の勲章』『秋』『冬』『冬去りなば』などの諸短篇に書きのこされているが、私は二人の仲を最も早くから知っていたほうの一人であろう。

銀座西六丁目の東京茶房という店は、コロンバンの右隣りにあたる洋品店の二階にあって、私は年長の友人がその店の経営者としたしかったために、開店当時からの常連であった。

昭和十年代に発生した新興喫茶という存在は、この店あたりがはじまりではなかったかと思うが、当時の銀座の代表的な喫茶店モナミや資生堂やコロンバンでは十五銭であったコーヒーが五十銭であった。岩波文庫の星一つが二十銭の時代だといえば、そのころの五十銭という価

格もほぼ想像がつくだろう。

注文の品をはこんで来た少女が客とおなじボックスに坐ることは許可されていなかったが、脇においてあるストゥールに腰を掛けて話の相手をするというのがその店の新しい営業方式で、注文をすればビールもあった。ビールのほうはコーヒーと違って、裏通りの酒場などにくらべれば数段格安であったが、それればかりではなく、当時の酒場にはかなり頽廃的なものがあったので、この店には一種の新鮮さをもとめて集まる中年の客がすくなくなかった。ウエイトレスが二十歳前後の若年層によって占められていたことも裏通りの酒場にはなかった特色の一つで、のぶ子さんはその中の一人であった。

はじめて岡田さんをその店へ案内したのは奥さんの実弟で、私は大森の岡田さんの家に同居していたその人とは外でもしばしば顔を合わせる機会があってよく知っていたのに、今はどうしても名前が思い出せない。

兜町の仲買店につとめていたその人は私とほぼ同年齢であったはずだが、岡田さんは義理の兄弟という仲を越えて友人同士のような附き合い方をしていた。三日にあげず銀座へ出ると、その義弟にあたる人とはいつも茶房で落ち合って、閉店後に新橋あたりのすし屋へ茶房の女の子を三人、四人と連れ出す折にもきまって行動をともにしていたのに、いつか岡田さんはのぶ子さんと二人だけで逢う機会をつくるようになっていった。茶房で行き合わせた私が岡田さんにさそわれて烏森の小料理屋へついて行くと、二階の小座敷へのぶ子さんが後から一人で来たというようなこともあった。

「死んでしまおか、思うことかてありますねん」

私の坐っている角度からは判読が不可能であったが、血管の蒼く浮いているほそい右手の人差指で、塗りものの卓の上に繰り返しおなじ文字らしいものをゆっくり書きつづけていたのぶ子さんは、長い睫毛をもった大きな眼の視線をその指先に集中したまま、思いあまったように低くもらした。

きわめて短期間ながら宝塚少女歌劇の舞台に立っていたことがあるという家出娘の彼女は、たしか神戸のうまれであったはずで、八丁堀にある茶房の寮に寝とまりしていた。それだけに、はじめのうちは一しょにすし屋へ行っていた同僚を岡田さんが遠ざけて、自分ひとりと交渉をもつようになったことにはそれなりの歓びがあったものの、職場や寮で仲間から受ける嫉妬や反感にはたえがたいものがあるようであった。

「だから俺は寮を出ちまえって言うのに、その踏んぎりがつかないらしいんだな」

岡田さんは、私にともつかずのぶ子さんにともつかずに言ったが、寮を出てアパート住まいに切りかえるだけの経済力が、いわば喫茶ガールののぶ子さんにないことは自明であった。それを岡田さんにおぎなってもらえば、彼女には従属関係が生じる。また、妻子のある岡田さんの家庭生活を破壊することにもなる。

そこに、のぶ子さんのためらいがあるのだということは私にもわかったが、私はなにも言える立場には置かれていなかった。あくまで、流れのほとりに立っている人間でしかなかった。そして、そういう立場から、私は二人の仲がもうすこし進んでいるものとばかり思いこんでいたのであった。

事実、茶房の常連のあいだでは岡田さんとのぶ子さんの噂を誰知らぬ者もなかった。石川達三さんなどもそういう常連の一人であったようだが、私はその場に居合わせたわけではなく、のちになってから岡田さんに聞いたところによれば、ある日例によって茶房へ行っていると、岡田さんは見なれぬ男客の一人から、ちょっと顔を貸せといわれた。岡田さんは軍隊生活の経験もあるし、青年時代にはマルセイユで船員を相手に大喧嘩もしていたので、平気で後からついて行くと、男はコロンバンの裏隣りにあったガラス屋とその次の建物とのあいだにあるせまい路地へ入っていって、

「俺はムショから出て来たばかりなんだ」

と言った。すると、その次の瞬間、その男の背後から、

「そうか、ムショなら俺も入っていたんだ」

と声を掛けた者があった。男は蒼惶として立ち去っていった。

「声を掛けたのが、窪川鶴次郎なんだよ」

と岡田さんは笑ったが、それほど当時の東京茶房には多くの文学者が出入りしていて、それだけ岡田さんとのぶ子さんの仲もひろく知られていたのであった。

はじめに「行動」の編集者として辱知を受けた私は、都新聞社へ入社した時にも岡田さんのお世話を受けていただけではなく、のちに私の名がすこしは世間へ知られる機会となった長篇小説を雑誌に掲載するきっかけをつくっていただいたのも岡田さんである。その四百枚ほどの長篇を岡田さんは生ま原稿で三度も読んで、私にこまかい注意をあたえてくださった。私もそれにこたえて三度書き直しをして、ようやく雑誌に発表される機会をつかんだ。

岡田さんとはそういう間柄であったから、私は鎌倉へ行く前にも手紙を出しておいた。それをおぼえていて、岡田さんは私をたずねて来たのであった。

「やっぱり江戸っ児だなア」

私が岡田さんとのぶ子さんを座敷に通してから、火鉢にかけておいた鉄瓶の湯をついでお茶をいれていると、岡田さんが脇から言った。どんな季節でも火種を切らさずに湯を沸かしておくのは、江戸っ児のたしなみだという意味のことを言われたのであった。が、鎌倉もはずれのそのあたりには電灯と水道は来ていても、ガスは引けていなかったので、私にしてみればいちいち火をおこすのが面倒なために、時どき炭をつぎたしていただけのことでしかなかった。

「お疲れになっていなければ、せっかくいらしたんですから、ここの海岸へご案内しましょうか」

そろそろ陽がかげりはじめていたし、一心亭へ夕食の追加注文をするなら、海岸の傍にある雑貨屋まで行って電話を借りなくてはならなかったので、私がさそうと、岡田さんはのぶ子さんをうながして立ち上った。

道みち私は岡田さんに、これから夕食の注文をするつもりだが、もし鎌倉へ泊まる予定なら、私の家にも来客用の夜具はあるが、風を通さなくては黴くさくて使いものにならぬはずだから、どこか旅館にあたってみるという意味のことをきわめて婉曲に切り出した。そして、岡田さんからもそうしてくれといわれたので、二人には一と足先に海岸へ行っていてもらうことにして雑貨屋へ立ち寄ると、そこの主人とも相談の上で由比ケ浜の海岸に面した海月という旅館に部屋を予約した。ついでに、その日の夕食は私もそこで岡田さんたちと一しょにとることにして、一心亭には出前を中止してくれるようにことわっておいてから砂浜へおりて行った。

夕づいた季節はずれの海岸には、私たちのほかに一つの人影もなく、ただ波と風の音だけが底ぬけにむなしい感じでひろがっていた。

岡田さんは私が追いついて行くのをずっと手前のほうで待っていてくれたのに、左手で髪の毛を、右手で着物の裾をおさえながら風の中を一人で波打際のほうへ歩きはじめていたのぶ子さんの後ろ姿は、もうかなり小さくなっていた。そして、その進行の方向は、後方からみているると決して直線的なものではなく、左へ数歩あるいたかと思うと、今度は右のほうへ何歩か進んで行くというふうで、そのジグザグをえがくような歩き方そのものが、そのとき現在の彼女の心のまよいを示しているかのようであった。

結果から考えるとき、のぶ子さんは私が雑貨屋で電話を掛けていたあいだに、岡田さんからその夜の宿泊のことを告げられていたのであろう。私たちが砂浜にならんで腰をおろしているあいだも、独りはなれた場所にいて近づいて来なかった。彼女が茶房の客や同僚のあいだで、ともすればお高くとまっているというような一種の悪評を受けていたのは、好みを別として、ずばぬけた美貌の持ち主であったことに対する反感も原因であったが、人みしりのはげしさによる無口なことにも大きく左右されていた。

十分ほどで立ち上ると、私たちは稲村ケ崎から電車で長谷へ出て、海月の座敷に通った。そして、私は夕食をすませたあと一時間あまりいて砂子坂の家へもどった。

翌日、海月の番頭が私をむかえに来たのは、午前十時をすこしまわっていたであろう。

私が座敷へ入って行くと、のぶ子さんは顔をそむけるように廊下へむこう向きに坐っていて、岡田さんは宿の浴衣の袖を腕まくりしながら独りでビールをのんでいた。そして、私が傍に坐ると、声をひそめて言った。

「あんたは、おのぶの齢を知っていたな」

「二十四……じゃなかったですか」

「それが、店へ入るとき、ばかにされちゃいけないと思って、そういう嘘をついていたんで、ほんとは十九だというんだ」

十九といえば、満では十八歳である。岡田さんも、昨夜までそれを知らなかったというのだ。

昨夜までというのは、はたしてそのまま信じてよいものかどうか、私は今でもすこし疑問に思っているが、つづいて打ち明けられた事柄は、私にとってもまさに意外なものであった。

「床の上に起きあがったおのぶが、あんまりいつまで泣きやまないもんで、肩へ手を掛けたら、黙って俺にこれを投げつけたんだ」

岡田さんの視線の動きにしたがって私が食卓の下のほうへ眼を移すと、にぎられていたこぶしが、自動装置の機械をおもわせるような感じで静かにひらかれた。そして、そこには、皺だらけになった婦人用の小型なハンカチーフが丸めこまれていて、白い布地には、わずかにうすあかいものがにじんでいたのであった。

もうかなり酔いのまわっていた岡田さんは、瞳を一点にすえるようにしながら、さらに声を低めて言った。

「いまの女房も、肺で死んだ前の女房も、それから俺がこれまでに遊んだ多勢の女たちも、みんな男を知っていた。男を知らない女は、おのぶがはじめてだった。しかも、ゆうべ俺は酔っていて、おのぶがそういう身体だということを知らなかったんだ」

それに対して、私はどんな応答をしたであろうか。記憶の糸は断ち切られているが、恐らく何ひとつ言葉には出すことができなかったに相違ない。

が、それにもかかわらず、ただ一つだけおぼえていることがある。すこし横坐りぎみの姿勢になってこちらへ背をむけていたのぶ子さんのほそい腰の下から、わずかに素足の足先がのぞいて見えていたことである。

その足先の印象が私になにを語りかけ、なにを告げるわけでもありはしないのに、なぜかのぶ子さんを思い出すとき、いつも私にはその足先の記憶がうかびあがって来て、岡田さんの運命というようなものを感じさせられるのだ。

のぶ子さんが茶房の寮からアパートへ移ったのはその夏のことで、十一月はじめに妻子を捨てて大森の家を出た岡田さんは、彼女と二人で名古屋へ逃避行をしたが、東京をはなれて岡田さんのような文壇人の文筆生活は成り立たない。十二月なかばには早くも経済的にゆきづまって帰京をすると、東京ではその前日の夕刊に二人の失踪が報道されていた。それは、いわゆる三面記事であったが、さらに中二日ほどおいておなじ新聞が掲載したコラムでは、かかる時局に何ごとかという論点に中心をすえて、その行動が批判された。

恋愛を国家的見地から糾弾されたのは、その年の七月七日に日中戦争が勃発して、挙国一致の名のもとに、一切の個人的な自由を国家が収奪しようとする風潮がうまれていたからにほかならない。

戦争とその時代は、眼には明らかに見えぬもの――精神や思想の面でも、人それぞれに対してさまざまな傷を負わせる。岡田さんをその犠牲者だといっては、言いすごしになるであろうが、岡田さんの不幸は、やはり戦争と切りはなしては考えられない。

秀作『秋』『冬』『冬去りなば』は失踪事件の直後に発表されたものであったし、昭和十五年に執筆されて単行本『伸六行状記』におさめられた諸短篇も氏の代表作にかぞえられるものであったのに、岡田さんの作家的生命が、戦争を背景としたのぶ子さんとの恋愛をさかいに下降線をたどりはじめたことは否定できない。

あの恋愛がもうすこし早い時機に生じていたか、ないしはあの戦争がもうすこし後になってから勃発していたらという仮定はつまらないものだが、その両者がかさなり合ったところに岡田さんの不幸はあった。そして、その恋愛の中でもひときわ重大な一点にかかわりを持ったということが、私にはなんとしてもひっかかる。

あのとき岡田さんが私を訪問していなかったとしても、二人の恋愛は行き着くところに行き着いていたはずである。が、岡田さんすら知らなかったことを私が知っているわけはなかったにしろ、二人をあの旅館へ案内した者が私であったという事実は消し去ることができない。そして、岡田さんが作家的下降をたどりはじめたのがあの恋愛で、あの夜が逡巡していた岡田さんの決断をうながす直接の契機になったのだとすれば、私はそういう自身をどう考えればよいのであろうか。

胸部疾患で、のぶ子さんがかぞえ年二十六歳を一期にこの世を去ったのは戦時下の昭和十九年六月で、世間からほとんどまったく忘れ去られた状態のうちに岡田さんがさびしく陋巷に窮死していったのは、戦後の二十九年四月であったが、鎌倉でのあの日のことをおもうと、いまもって私は自身の感情の置き場に窮する。三十年の歳月も、それを流し去ってはくれない。

そして、困惑した私の眼底に浮かびあがって来るのは、むこう向きに坐ったのぶ子さんのほそい腰の下から、わずかにのぞいて見えていた、あの素足の足先のほの白さなのである。

3

完全に忘れきっていた一心亭と海月という二つの屋号を私に思い出させてくれたのは、私の学生時代の同級生で、いまも鎌倉に居住しながら母校の国文科教授となっている森武之助君である。

森君の父君の東京の邸宅は麴町三番町にあって、その時分にも私たちはおたがいの家が近かった関係から頻繁に往来していたが、昭和十二年には鎌倉の笹目に現在の家を新築中で、その家屋が竣工するまでのあいだ、彼は新婚の夫人と二人で長谷の借家に仮寓していた。いったん東京へ引き揚げて、ふたたび私が砂子坂の家に出直したのは、七月に入ってからのことである。

「鎌倉ペンクラブの主催でね、夏期大学を御成《おなり》小学校でひらくらしいんだけど、一しょに行ってみないか」

ある日、私のところへ遊びに来ていた森君が思い出したように言った。森君もその時分には大学院に籍をおいて、第三者の眼にはぶらぶらしているように見える日々をすごしていたが、学位をもっている彼の現在の学殖はその時分からたくわえられていたのであろう。

「期間は一週間で、毎日八時から正午までなんだ」

朝寝坊の私は八時からと聞いただけでうんざりしたはずなのに、あの時はなぜ、規則書のようなものだけでもみておこうという程度にしろ、心を動かしたのであろうか。

ペンクラブの事務所になっていたのは大島得郎という人の私宅で、森君の記憶によると、その家は材木座の乱橋にあったとのことだが、私たちはその日のうちにそこまで行って聴講の手続きをすませた。駅前まで電車かバスに乗って行って、あとは歩いたのだと思うが、当時の鎌倉の道路はまだ舗装されていなかったので、帰宅後、砂埃のために黒い鼻緒まですっかり白っぽくなっていた駒下駄をぬぐと、はっきり足形がついていたのをおぼえている。

御用邸跡に建てられた御成小学校は、現在でも、その当時とあまり変らぬ姿でのこっているが、鎌倉駅の裏口にちかい場所にあるので、砂子坂からは電車でかよわねばならなかったし、午までの講義では当然朝食をとってから出かけていたはずだから、私は毎日七時ごろには床をはなれていたのだろう。

そんな生活を一週間もつづけたとは我ながら信じがたいが、講義がはじまると、さそった森君よりもむしろ私のほうが勤勉に出席する結果になった。

講師の顔ぶれは里見弴、久米正雄、大佛次郎、小杉天外、野村光一、大森義太郎、隈部一雄、林髞《たかし》、横光利一、式場隆三郎、深田久弥、東京日日新聞の関口泰の諸氏で、小林秀雄氏も出講されたかもしれない。野村さんは音楽評論家、隈部さんは工業大学教授で内燃機関のお話をなさったし、モスクワ帰りの林さんは条件反射について語り、大佛さんは鎌倉の歴史についてお話をされたのであったと記憶する。

自然主義の先駆的作品『はつ姿』や人気作『魔風恋風』の作者であった小杉さんは、もうよほど耳が遠くなっておられたらしく、椅子に腰をおろしたまま机に肘をついて、掌を耳の裏側にあてがった姿勢を一時間というものまったく崩さなかった。どこか羊をおもわせる端正な容貌の持ち主で、櫛目のただしくついた銀髪が美しかった。

また、横光さんは前年のヨーロッパ旅行の体験から印度洋の暑さについて語った。夏は頭脳を休息させねばならぬ季節であるのに、夏期大学などの催されることが不思議でならぬといって、自分はいま自身の脳髄がここに置かれてあるような気がすると語りながら両方の掌で頭を左右からおさえると、そのまま両手で脱いだ帽子を机の上に載せるような仕種をした。その仕種は妙に真にせまっていて、机の上には何も載っていないのに、私は一瞬机の上に横光さんの脳髄が載っているような錯覚にとらえられた。そして、そういう話をした横光さんはよほど疲労していたらしく、初めから顔色がすぐれなかったが、一時間の予定を十分ほどで切りあげてしまった。恐らく徹夜仕事をしたあとで、午前中に東京から鎌倉までかけつけて来たため、フラフラになっていたのであろう。少年時代から不眠症であった私には、そういう横光さんを許せるような気がした。

学生時代に教室で聴いた講義など、ほとんど跡形もないまでにきれいさっぱり忘れ去ってしまっている私が、この時の講義というよりは講演のいくつかを、断片的にしろ、かなり鮮明におぼえているのも妙なものだが、中でも特に強い印象としてきざまれているのは大森義太郎氏の講演である。

その内容は、その時はじまったばかりの戦争の将来に触れたもので、近代戦がどれほど怖ろしいものであるかということを中心に、日本は早晩食糧の危機におちいって、国民は飢餓に苦しむであろうという予見をかなり具体的に述べたものであった。

鰯と馬鈴薯があれば栄養の補給には不足しないといった政治家がいるが、とんでもない話で、第一次世界大戦のドイツではK《カア》パンというものを食べていた。それは雑草の粉を焼いたもので、そんなものを食べていたドイツ国民の体力は極度におとろえたといって、大森さんは栄養失調症の惨澹たる症状を述べた。のちに軍隊へとられて、自分が栄養失調症になろうなどとは夢にも思っていなかった身に実感はなかったが、私は暗い気分になった。

講座のすべてが終了した翌日であったか、最終日であったかに、鎌倉在住の講師をかこんで懇親会がおこなわれた。聴講生の数は七十名内外で、そのなかには作家の川上喜久子さんや林房雄氏の夫人などもふくまれていたが、主催者側の指示によって私たちは自己紹介をさせられた。大佛さんはどうであったかはっきりしないが、里見さんは出席しておられたと思う。やがて散会になると、一ばん先に先方から私のところへ歩み寄って来られたのは深田久弥氏であった。

「聴講者の名簿をみていたら君の名前に気がついたんだけれど、同姓同名の人かとおもって、まさか君だとは考えなかった」

大森さんも、色黒な四角い顔に笑みをうかべながら、近づいて来て声をかけてくださった。

「しばらくだったね。そのうち遊びに来たまえよ」

「お邪魔でなければ一度……」

と応えたが、私は「行動」の編集者として両氏を存じあげていたのであった。

そのころの「文化人名簿」の一つをみると、大森さんの住所は神奈川県鎌倉町塔の辻二〇〇となっていて、御成小学校にも、森君の家にも近い。ついでに略歴をみておくと、「社会主義評論家。明治三十一年東京に生まる。一高を経て大正十一年東京帝大を卒業し同校助手となる。昭和三年辞職し雑誌『労農』同人として社会評論に従う。論壇の雄」と記載されているが、これはその当時の刊行物のために、実際をぼやかして書かれている。大森さんはマルクス主義経済学者で、東大助教授となったのち、昭和三年に辞職したのは、戦後の文学事典にみられるとおり「軍事教練反対演説、新潟の小作争議調査等がたたり、赤化教授として文部省に睨まれ、三・一五事件の余波で退職を強要された。以後無産運動と文筆生活にはいる」というのが実相であって、河上肇、石浜知行、佐々弘雄、向坂《さきさか》逸郎の諸氏も大森さんと同時に教壇を去っている。

さらに歴史年表の一つに眼をこらすと、改造社から「マルクス・エンゲルス全集」の刊行が開始されたのは、その余波で大森さんたちが教壇を追われる原因となった三・一五事件の翌月からだから頭が混乱して来るが、そういう時代であったからこそ、追放された学者グループも「以後無産運動と文筆生活にはいる」などということが可能であったのだろう。

数日後に、私は森君をさそって大森さんのお宅を訪問した。

門を入ると右側に芝生の庭と通路を仕切る四つ目垣があって、通路の突き当りが玄関になっている二階建の日本家屋であった。そして、その二階の二た間が書斎兼応接室で、周囲には洋書のぎっしり詰った本棚が置きめぐらされていた。

「こないだ大森さんがお話しになっていたとき、僕は一ばん後ろの席に坐っていたんですが、僕のすぐ傍にいたのは、まちがいなく特高でしたよ。あんなお話をなさってよかったんですか」

私がお茶をのみほしてからたずねると、

「いいんだよ。特高なんか、僕にはもう友達か親戚みたいなもんなんだから」

大森さんは事もなげに言った。それは、ある種の覚悟ができていることを示すものであったが、同時に、虚無的なひびきをも私につたえた。すくなくとも数年前に、マルクス主義の思想体系をかかげて行動主義文学運動に真向から批判の攻撃をかけていた当時とでは、どこか人間的な面でもニュアンスが違っていた。そこに、私は戦争とその時代の影の一つをみとめずにはいられなかった。

「二、三日前かな、散歩をしていたら、この近所にも新築をしている家があるんだな。こんな時代に……と思っちゃったよ」

と大森さんがいうので、場所をたずねると、それが森君の家のことだとわかって、私たちは声を立てて笑った。

大森さんの家の飼犬がたいへんな駄犬で、先日も犬好きだという雑誌編集者が大森さんの制止もきかずに庭へ出て、来い来いと呼びながら手をさし出すと、その手をもろにがっぷり咬まれてしまったというような話も出たが、話題はそのあとでまた戦争のことにもどった。

大森さんの戦争観というか、戦争の市民生活への影響に対する考え方は、その年の「改造」九月号に掲載された「饑《う》ゆる日本」という評論につくされているから、私が夏期大学と大森さんのお宅でうかがった話の内容はほぼそれとおなじものだといってよいのだが、この評論を読んでいる人はわずかなものであろう。当時の総合雑誌の発売日は毎月十九日であった。したがって、私がその掲載誌を鎌倉駅前の松林堂で買ったのは八月十九日の午ちかくであったが、その足で横須賀線に乗って銀座へ出て紀伊国屋の支店へ寄ってみると、わずか一時間の違いで問題の評論は切り取られてしまっていて、表紙には小判形の削除済という紫色のインクの印が押されていた。

夏期大学聴講生の中の有志によって、土曜会というグループが結成されたのはその直後のことであった。そして、その第一回の会合にゲストとしてまねかれたのも大森さんであったが、会場はたしか鎌倉駅前の、現在西武百貨店になっている場所にあった明治製菓の二階で、私が白井さんという女性と言葉をかわすようになったのもその会合の折のことであった。

大森さんが第一次人民戦線事件で検挙されたのは同じ年の十二月で、ゲストにフランス文学者の山田珠樹氏をおまねきした第二回目の土曜会が催されたのは、翌十三年の四、五月ごろではなかったかと思う。ありあまる時間をもてあましていた私は、その時にも東京から出かけて行ったが、そこで私は白井さんから大森さんの伝言をきかされた。

白井さんは長い頸にいつも繃帯を巻きつけているような痩軀の人であったから、恐らく呼吸器疾患をもっていたのだと思うが、彼女の東京の家は芝の高輪にあって、ある日自宅の附近を歩いていると大森さんに路上で行き遭った。高輪署に留置されていた大森さんは、肋膜をわずらっていたために時どき散歩することをゆるされていたらしく、その折にも刑事が附き添っていたとのことだが、白井さんを見ると立ち停って二言三言口をきいた。そして、別れぎわに私によろしくと言ったのだそうである。

「そのとき刑事はすぐ傍にいたんでしょう」

私はたずねて、白井さんがうなずくと同時に、皮膚が粟立つのをおぼえた。

私が現住所の新宿区——当時の淀橋区戸塚町に転居したのは昭和十四年で、村山知義氏の年譜を繰ると、十五年の項に「八月十九日、治安維持法違反で検挙。新協、新築地両劇団解散。東京中の警察署を盥廻しとなって過す」と記されているから、それはさらに後日のことだが、当時の警察法による拘留期間は二十八日と規定されていて、その期限が来れば一たん身柄を釈放しなくてはならない。それで、一つの警察から釈放するとすぐまた検挙したという形式だけをととのえて、そのまま他の警察へ送るのが盥廻しであった。

のちには書類だけを書きかえて、おなじ警察署にとどめておくという方法すらとられるようになった様子だが、私はある日外出して戸塚署の傍を通りかかると、進行方向の真正面にあたる窓の一つが開いていて、そこから外を見ていた坊主頭の村山さんと視線が合った。とたんに村山さんはいかにもなつかしそうな笑顔になって、「おッ」というように片手を挙げて挨拶をなさった。そして、私も会釈を返したという、ただそれだけの一瞬の出来事であったが、その時にも私は背中へ水を流しこまれたようにぞくッとした。

検挙者の知人だというだけでもにらまれるということは、当時の常識であった。

村山さんが手を挙げて挨拶を送ってよこしたとき、刑事が傍にいて私の顔を見おぼえておけば、私の人相はチェックされる。散歩中の大森さんが刑事の眼の前で私によろしくと言って、それを聞いた刑事が私をどういう人間かとたずねれば、私の名がメモされることもあり得る。暗黒警察には、何をするかわからぬところがあった。白井さんの伝言をきいて私がひやりとしたのもそのためであった。そういう時代であった。

前出とおなじ事典で大森さんの項をみると、「一二年、人民戦線事件で検挙。一三年、肋膜炎が悪化して仮出所。一四年秋、保釈となり、余技として映画評論を執筆」と記されている。私は「改造」でその映画評論のいくつかを読んで、そのつど、やり場のない氏の虚無的な苦笑を想像していたが、翌十五年には胃癌のために東大病院で亡くなってしまった。行年は、かぞえで四十三歳であった。

4

昭和十二年の夏には、由比ケ浜の砂浜にあった森永のキャムプストアーでも、森君と私はいくどか大森さんに逢っていたが、島木健作氏とも三、四回ゆきあわせた。

大森さんより五歳年少で私より八歳年長の島木さんは、昭和十年の五月に結婚して世田谷二丁目に居住したのち、昭和十一年の二月に鎌倉雪の下六九〇へ転居しているが、短篇『一風景』は「行動」の十年七月号に掲載されているから、編集者として私が島木さんにはじめて接したのは結婚直前の時機に相当している。

そのとき私が訪問したのは、東大赤門前の島崎書院という古書店の裏手にあった離れのような二階の小暗い六畳間で、その書店は氏の令兄にあたる方が経営していた。

「いやだな」

私が小説をおねがいにあがったと切り出すと、島木さんは唇をゆがめて吐き出すように言ったが、すこし話をしているうちに、ぽつぽつ返事をしてもらえるようになった。

私の友人の中で最も大きな机を持っていたのは、戦時中に粟粒結核《ぞくりゅう》で急死した井上立士で、彼は四谷の喜よしという寄席の裏手にあった明るい感じの南賀台という大きなアパートで四畳半の室に住んでいたが、船山馨、南川潤、牧屋善三、十返肇の四人とともに遊びに行った時の記憶では、その正方形の机の周囲にわれわれはやっと坐れたという感じがのこっている。

「どうやって寝るんだ」

私がきくと、机の上に蒲団を敷くのだと井上は応えた。巨漢の船山はその部屋で何度か泊っているので、最近たずねてみたら、彼は机の下に入って寝たと言った。すると、井上は独りの時には机の上に寝て、二人の時には下に寝たのであろうか。いずれにしろ、その机はそれほど大きなものであった。そして、その次に大きな机は、このとき島木さんのところで見せられたものであった。

「これは、どこかで注文して作らせたものですか」

素木の真新しい机をみて私が質問すると、島木さんはそれには直接応えずに、

「どんな色に塗らせたらいいか考えているんだ。……このままじゃいけないかな。……このままでも手擦れでだんだん光沢が出て来るだろう」

と言いながら、左であったか、右であったか、どちらか一方の片脚の膝を立てて、その脚をしきりに両手でさすっていた。

「入獄中から起った神経痛が病めるんだ」

そう言って鉄縁の眼鏡をかけた蒼白な顔の眉をしかめたが、島木さんは神経痛だけではなく、肺結核も病んでいた。

そのころにくらべれば鎌倉で逢った島木さんは別人のように健康な感じになっていて、初対面の時からわずか二年あまりしかへだたっていないことが信じられぬほどであったが、性格や

口ぶりの重たさはすこしも変っていなかった。島木さんの口調には、いつも他人にむかって話すというより、自身にむかって語りかけているようなところがあった。

「現在の日本人はね、自分の国の戦争のことしか考えていないけれど、いまスペインで起っている内戦は、われわれがもっともっと考えなくてはいけないものを持っているんだ」

スペイン動乱は人民戦線内閣に対してフランコ将軍がおこした内乱であったが、それは同時に全体主義対民主主義という、思想上の国際戦争という意味をもつものでもあった。

「大事なのは思想だよ」

と島木さんは呟くように言って、眼鏡のフレームに手を掛けた。

「『世界は転覆してもよい、俺が一杯のお茶に事を欠かなければ』という言葉があるだろう。文学をする人間の多くは、あれなんだな」

私は、氏の言葉が自分にむけられているものだということを、その時はっきり感じた。そして、島木さんが、なすところなくすごしている私を軽蔑していることを、痛いという感覚で受け取った。しかも、私は誇るべき何ものも持たない人間であることを自分でも知っていた。相手が私を蹴れば、私はただ黙って蹴られているより仕方のない人間であった。島木さんの最もきらいなタイプの人間が文学青年で、私がその一人である以上、その侮蔑は避けられぬものであったが、蹴られている人間にも、文学作品を通して、蹴っている相手の顔を見る権利はある。

島木さんの『生活の探求』が出版されたのは、その年の十月であった。そして、私はそのベスト・セラーとなった書物をむさぼるように読んで、はずかしいことだが、当時の多くの青年たちとおなじように感動した。その誠実さに打たれたといってもよい。が、翌年の六月に出版された『続・生活の探求』を読んだとき、何をしてもすべてがうまくはこんでいく主人公杉野駿介のスーパー・マン的な在り方に疑問をもって、それが作者みずからの保身のための、時代への迎合のあらわれだと感じ取ると同時に、私は正篇に感動した自身を軽蔑した。そして、島木さんに対する尊敬を取り消した。

あの時代に、転向作家が生きぬくことの困難は、私にも理解できないではなかった。それは十二分に同情にあたいしたが、あの悪時代の現実の中から肯定的な面だけを引きぬいて、理想主義をうたいあげようとする態度には、ほとんど我慢がならなかった。

「大事なのは思想だよ」

由比ケ浜で言った島木さんの言葉を、私は忘れていなかった。左翼思想も、当時の国家思想も、思想であることには変りがないのかというのが、年少にして『続・生活の探求』を読了した瞬間の、私の性急で素朴な感想であった。勿体らしく島木さんの口にした「思想」というものは、そんな便宜的なものでしかなかったのかという思いに、青年の私ははらわたをちぎられた。当時の知的存在の代表選手であった島木さんの思想的下降が、その時代の私にはそんなふうに突き刺さったのであった。

島木さんが亡くなったのは、太平洋戦争の敗戦の翌々日にあたる昭和二十年八月十七日のことである。

「人間」の創刊号に高見順さんが書いた『島木健作の死』という文章によると、島木さんは終戦と聞いて「やり直しだ。仕事のし直しだ」といったとのことだが、この言葉を裏返せば、戦争中の氏が、戦後になって「し直し」をせねばならぬような仕事をしていたということの証拠になるのではなかろうか。

島木さんの年譜によれば、昭和十六年の項に「十一月、文士徴用を受けたが胸部疾患のため帰された」と記載されている。そこで、高見さんの『昭和文学盛衰史』に眼を移すと、彼等が集合を命じられたのは本郷区役所だとのことで、次のような一節がみられる。

「太宰治は身体検査の結果、胸部疾患の既往症ではねられた。そして同じ理由で、島木健作もはねられた。私も、軍医がちょっと首をひねったが、合格の方に入れられた」

その本郷区役所の帰り途であったか、あるいはそれよりすこし後日に病院へ行った帰途であったか、いずれにしろそのころ、私は銀座四丁目の角で島木さんと行き遭った。木綿の紺絣に袴をはいてソフトをかぶっていた島木さんは、洋服を着ていた私の腕をかかえるようにしながら交番の蔭へ連れて行って、ふところからクラフト紙の大きな封筒を取り出すと、その中にしまわれてあったレントゲン写真のフィルムをすかすようにして見せた。その写真はみるも無残なほど、はっきり病状の進行をしめしていた。

「こんななんだ」

島木さんは、私との初対面の折のように吐きだすような口調で言ったが、あの言葉は、そういう病状のために徴用をのがれて助かったという意味であったのか、それとも、せっかく徴用という機会にめぐまれたのに、その選にもれるという結果になったことを残念に思っていたものであったのか、私にはどちらとも判断しかねる。

徴用に「合格」した作家はただちに南方へ送られて死線を彷徨しているのだから、それをまぬがれたことによってほッとするのが当然である。が、それは戦後になってからの考え方であって、戦時中の内地にいた作家は、ほとんど文筆生活が成り立たなかった。ことに元左翼で、表面的には転向していた作家の生活はみじめなものであった。それが従軍をすれば書く場所をあたえられて、とにかく生活は成り立つ。文士としての存在がたもてる。書くことだけが生命である文士にとっては、意にそまないということを別として、徴用を受け、従軍作家という立場に置かれることが、ある種の魅力であった。現に、無名に近い存在でありながら軍の報道班員を志願したために、ひとかどの作家気取りをしていた者すらあった。

徴用からはねられた島木さんの心に、一点残念な思いがひそんでいなかったとは断言できない。

昭和十二年夏の私が軽蔑すべき存在であったことをみずからみとめた上で、私は『続・生活の探求』に対する読後感と、「やり直しだ。仕事のし直しだ」と言って亡くなっていったという島木さんを結びつけて考えずにはいられない。すると、そこには、戦争とその時代によって精神の深い傷を負わされた一人の作家につづいて、もう一人の作家と経済学者の、それぞれに異なる傷を受けた姿が、かさね合わさるようにして浮かびあがって来るのだ。

由比ケ浜の海辺で逢ったとき、島木さんはいつも黒い飛白《かすり》を着ていた。森君と私は、反対にいつも白地の上布を着ていた。そして、水浴に慣れきった私たちは、陽ざしのいくぶんか弱まる時刻からようやく裸になってほんの十分ほど海へ入ったが、島木さんはそんな私たちを陰気な眼で不機嫌そうに見ていた。年齢も、健康も、生活も、島木さんと私たちとではすべての点で違っていた。

あのころの若い肉体をもっていた私の精神は、しかし、弱々しく暗いものであった。それが島木さんや、岡田さんや、大森さんの眼には、ただ無気力だとのみ映じていたのだろう。彼等の表情に、それは明らかであった。

森君と逢わない日の私は、由比ケ浜にくらべてはるかに人出のすくない稲村ケ崎の磯に独りで立って、岸を洗う波の動きをみつめながら、波のむこうではすでに戦争がはじまっているのだということばかり考えていた。いつはてるともしれない戦争の中にしか自分の未来がないのだというおもいは、まだ青春といえる年代——これから自分の人生がはじまろうとしている年代におかれていた私にとって、涙も出て来ないほどつらいものであった。泣いてすむことなら甘いものだという考え方が、その時分の私にはあった。

暗い夜の私

丹羽文雄さんが海軍報道班員として、ソロモン群島のツラギ夜戦で砲火を浴びて顔面と両腕に負傷をしたのは、昭和十七年八月八日のことである。

その帰還の歓迎会を、私たちの青年芸術派というグループだけで催したことがあった。場所は西銀座の、交詢社ビルの筋向いあたりにあったお座敷洋食店の二階であったと思うが、出席者は主賓をふくめても、せいぜい六、七名どまりであったろう。青年芸術派は青山光二、井上立士、田宮虎彦、十返一（肇）、船山馨、牧屋善三、南川潤と私という八名の同世代者によって結成されていた小集団であった。

「まだ、ここらには弾丸《たま》の細かいカケラがいっぱい入っとるんや」

どちらか一方の腕をさし上げると、丹羽さんは片方の手で腋の下の辺を洋服の上からなでまわして見せるようにした。すでに室内の光線が戸外へもれることを禁じられるような時代になっていて、その座敷もあまり明るくはなかったが、そういう光線の中で見た丹羽さんの頬のあたりにも、鉄片らしい黒いものが無数の斑点となって散っていた。

しかし、その時分にはまだ連合艦隊も一応健在であった。米軍によって「自殺飛行機《スイサイド・プレイン》」と呼ばれた神風特攻隊が初出動したのはさらに二年後の十九年十月末で、東京がB29の初空襲を受けたのは同年十一月二十四日のことであるから、丹羽さんの話にも悲観的な影はなかった。

「……あんたは、よう引越しをするなア。名簿が真黒になってしまった」

私が丹羽さんから言われたのは、その席上でのことであったような気がする。

実際、昭和初年代から戦時中にかけて、私はよく引越しをして歩いた。その間やや安定していたのは、昭和十年夏から十四年春にかけての四年弱だけであった。そのころ私は半蔵門の近くに住んでいて、その家で二・二六事件に遭い、のちに日中戦争と呼ばれるようになった日支事変の開戦をむかえた。

二・二六事件の首謀者の一人として死刑に処せられた安藤輝三大尉は、私の中学時代の最終学年の英語教師安藤栄次郎氏の令息であった。先生のニック・ネイムはたしか「アンちゃん」といったが、強度の近視で分厚い眼鏡をかけていた。そして、夏になると蝶ネクタイをしめたワイシャツ姿で講義をしたが、道路に面した二階の教室のガラス窓をほそめにしか開けさせなかった。芝にあった私たちの中学校は、蜂須賀侯爵の宏大な邸宅の塀に沿った長い坂の下に位置していたので、オートバイがその坂をのぼって行くときには猛烈な爆音がとどろいた。

「君たちの中に、将来もし工学の方面へ進む人がいたら、誰かサウンド・キル――音を殺してしまう機械を発明してくれないか」

先生は爆音が遠ざかるのを待って苛立たしげに言ったが、そんな取るにもたらぬ、いわばその場かぎりのたわ言を私がいつまでも忘れずにいるのは、その数年後に生じたあの流血事件のためにほかならない。先生がサウンド・キルと言って、キラーとは言わなかったというような些細なことまでが、四十年後の今日では、その時その場の印象とまったく異なったものとなって、私の耳底に附着している。

安藤輝三大尉に指揮された一団の兵士が襲撃したのは、敗戦当時主戦派をおさえてポツダム宣言を受諾した鈴木貫太郎首相——二・二六事件当時の侍従長だが、重傷を負った彼が一命をとりとめたのは、たまたま結果がそうなったというだけのことにしか過ぎない。尊皇討奸を旗じるしとした大尉らの行動の目的はキル（殺害）そのものにあって、斎藤実、高橋是清などはその犠牲者となった。そして、その大雪の日の流血が口火となって、日本はあの長い戦争の時代へ次第に深くのめり込んでいったのであった。

*

私より一歳年少の檀一雄君が召集されたのは、日中戦争の勃発した昭和十二年七月のうちのことであったはずである。ラジオでも放送されたことのある『一等兵戦死』という短篇小説を書いた私の学生時代の友人で、現在は徳島放送の取締役編成局長をしていると聞く松村益二《えきじ》も、開戦とほとんど同時に応召して上海の戦場で負傷したために後送されたのであったと記憶するが、大陸へ送られる部隊の一つが私たちの町内へ分宿をすることになって、私の家にも町会からの割り当てで二名の兵士が宿泊したのは、おなじ年の十月末のことであった。彼等は予備役で、二人とも三十歳を越えていたようであった。

二日後、彼等は品川駅まで徒歩で行って、そこから列車へ乗り込むために、まだ夜が明けぬうちに私たちの町を去って行った。

部隊からは、彼等が家族と最後の別れをするために、兵一名につき一枚の入場証が発行されていて、その黄色い切符を持たぬ者は、たとえ両親でも、妻でも、入場が許可されぬ取り決めになっていた。が、拙宅へ宿泊した二名の兵士のうちの一名は地方出身者のために、そのたった一枚の切符すら与える相手を持たぬ孤独な立場におかれていて、出発の前夜おなじ食卓についたとき、私に見送りに来てくれと言った。

果物籠をさげた私が品川へ着いた時には、駅前広場は人間で埋めつくされていた。そして、構内へ入ると兵士たちはすでに列車に乗り込んでいて、窓から首や上半身を乗り出しながら自身の見送り人をさがしたり語り合ったりしていた。その喧騒は、声というより唸りの渦といえるような状態であった。その中から、やがて「天に代りて」の歌声がおこった。そして、汽笛が鳴って、歌声が万歳の叫びに代ったとき、列車はゴトンと大きく一つ揺れてゆるく動きはじめた。

「どうぞ、お元気で」

私が列車について歩きはじめながら声をかけると、兵士は窓の中から言った。

「帰って来たら、一ばん先に訪ねるよ」

「待っています。行っていらっしゃい」

そのとき、実のところ私は人前で帽子を脱ぐことができないような、ある状態におかれていたのであったが、人波にはばまれて相手との距離が次第に遠ざかるにつれて、私は爪先立ちになりながら振っていた手を帽子にやって鷲づかみにすると、いつかそれで大きく輪をえがいていた。羞恥を、私は思わず忘れていたのであった。

私のその折の惜別の念がいつわりではなかったように、あの予備役の兵士が最後に残していった言葉もまた彼なりの真実であったろう。しかし、それきりその兵士は手紙もよこさなければ、むろん訪ねても来なかったので、私はその男の違約を怒るよりも先に、彼が海を渡るとすぐ戦死してしまったのであろうと考えた。戦時とは、人間の死を無造作に想像させる時代であった。

いずれにしろ、開戦と同時に私の身辺にもたちまち硝煙の香がただよいはじめていたのであったが、その時分にはまだ戦場は海のむこうにあるという思いが強かった。すでに防空演習は体験していたものの、日本本土の上空に敵機が飛来するなどという実感はなかった。

そういう心の出所を振り返ってみれば、中国に対するあなどりがあった。心のさらに一そう深いところには、敵よりも怖ろしいものが日本の軍部であり、軍部に引きまわされる為政者ではないかという疑いがあった。そして、それは時を経るにしたがって、われわれの眼前に次第に事実となって現われてきた。私はそういう時代の中で文学を自身の道として選んで、二十代のなかばから三十代の前半期をすごしたのであった。

香料ぎらいの私は、現在でも整髪料を使用しないが、そのために長くしている髪がいつも左の額の上に垂れさがってくる。

そのころのある朝――といっても私の起床時刻はいつも午ちかくであったが、どこかへ外出しようとして洋服箪笥の扉を開けて、その内側に取り附けてある鏡の前で垂れさがっている髪の毛を掻き上げた瞬間、私の全身は硬直して化石のようになった。左の眼の真上にあたる額の生え際に、現在の五円硬貨大の禿が出来ていて、その部分の皮膚がにぶく光っていた。当時の私が書いたものによると、それは日中戦争の開戦の年の十月九日のことである。

散髪に行ってからでは、すでに十日あまりが経過していた。私は最初、それを悪い病気のためではないかと思った。それから、いわゆる台湾坊主ではないかと疑った。そして、家族の者には黙って家を出ると、行きつけにしている麴町通りの理髪店へ行った。後から考えてみれば、常連の客に理髪店が台湾坊主だと答えるはずもなかったのだが、店主は私の疑問を二つとも否定した。

「僕は不眠症で、すこし神経衰弱の気味だから……」

そのせいではなかろうかと言うと、相手ははじめてそれを肯定して、九段下の南龍堂という病院を教えてくれた。病院へ行ってみると、院長は一言のもとに円形禿髪症だと診断をくだした。

「それは、どういう病気ですか」

私がたずねると、院長はあっさり応えた。

「台湾坊主ですよ。くわしいことは後でパンフレットを上げますから、それを読んでもらいますが、伝染性のために、この病気の人は軍隊でもとりません」

それなら、手術を受けることは回避しようか、と私は一瞬考えた。そんな哀しいことを私に思いつかせたものは、戦争である。しかし、次の瞬間、院長はつづけた。

「あなたの場合は早期発見だから、これだけで喰い止められるでしょう。手遅れになった人は、ひどいですよ。殊にご婦人は髪を長くしているために発見が遅れてね」

手術室へ行ってみると、なるほど院長の言葉通りであった。私の既往の想像に反して、男性よりも女性の患者のほうが多かった。私はその陰惨で醜悪な光景に慄然とした。

散髪屋の理髪台よりすこし旧式な椅子に載せられると、私はまず理髪店の徒弟のような少年に、患部の周囲の髪の毛を直径四センチほど円形に剃刀で剃り落された。そして、それよりもすこし年長の代診らしい青年が患部に局部麻酔の注射を打ってから、その部分の表皮をはがすと薬液を浸したガーゼで塗布して、幅のひろい繃帯を前額部から後頭部にかけて鉢巻状に巻きつけた。それは、あたかも重傷患者に対するようなものものしい処置であった。

私が出征兵士を品川駅へ見送りに行って帽子を振ったのは、その繃帯がとれた直後のもっとも見苦しい時であったが、徳田秋声先生の一行にお伴をして現在の新宿日活――当時の帝都座の階上にあったダンス・ホールへ行ったのは、まだ繃帯を巻きつけていたうちのことであった。

一行の中には阿部知二、舟橋聖一、田辺茂一、楢崎勤、徳田一穂、豊田三郎の諸氏がおられたのではなかったろうか。とすれば、それは徳田先生を中心として毎月一回馬場先門の明治生命の地階にあったマーブルというレストランで催されていた「あらくれ会」の月例会の帰途であったろう。「あらくれ会」の会員の中でダンスをしたのは以上の諸氏だけで、中村武羅夫、室生犀星、岡田三郎、井伏鱒二、尾崎士郎、三上秀吉、榊山潤氏らと、女流の小寺菊子、山川朱実、小城美知、小金井素子の諸氏は踊らなかった。

帝都座のホールは、テーブルや椅子の置いてあるロビーよりフロアのほうがかなり低くなっていて、私はそのへりの欄干に両肘を突きながら徳田先生たちの踊りを見ていると、突然足下といっていいような場所から自身の名を呼ばれた。

声を掛けたのは、徳田一穂さんが「丹波ホーズキ」と評したように真紅のイヴニング・ドレスをまとった、ひとめでホールの専属とわかるダンサーであったが、それは私が学生時代にいたことのある早大裏門通りの下宿屋の近くにあったしるこ屋の娘で、屋号も姓も忘れてしまったが、彼女は鹿野《しかの》という風変りな名を持っていた。今でも御飯粒をあまり好かない私は、夜になると、よくその店へ雑煮を食べにいって彼女を識った。

「なんだ、君か。此処で働いていたの」

私がたずねると、彼女は自身の背に腕をまわしているパートナーを無視して、私のほうを見上げながら言った。

「なつかしいわ。後で踊りません？」

「うん」

あいまいに応えたが、実は私はまったく踊れなかった。もっとも、芝口のすき焼店太田屋の階上のホールで無理矢理フロアへ引張り出されて、たった一度だけベテランのダンサーにリードしてもらったことがある。

「あなたの踊りは、右脚と左脚をかわりばんこに前へ出して、ただ真直ぐ歩くだけね。……でも、一度もあたしの靴を踏まないんだから、大したものだわ」

そう言われて以来、私は二度とフロアへ出る気持をうしなってしまっていた。それが私への励ましの言葉だということは、私にも理解できた。しかし、当時の私はおだてられれば反撥を感じ、くさされれば疵つくというふうで、何事に対しても素直になれぬ部分を現在よりはるかに多く持っていた。そういうものをすこしずつ喪失していくことが、はたして人間的に成長をしたということなのであろうか。年齢をかさねて、私には喪ったものの大きさが今更のようにかえりみられるのだ。

「驚いたな。踊らない君がダンサーを識っているんだから」

楢崎さんが言うと、

「なかなか隅におけないね」

徳田先生も、鼻のところに皺を集めるような笑い方をなさった。

先生のダンスは斯界の権威であった玉置真吉氏について正規の教習を受けていただけに、格調の高いオーソドックスなものであった。背筋を真直ぐにのばした先生の踊りには古武士の風格があるといわれていて、阿部知二氏のダンスは仁木弾正のようだと評されていた。そういわれてみれば、なるほど阿部さんの左右の腕を水平にかまえたフォームには歌舞伎劇の忍術つかいを連想させるものがあったが、一ばん踊りを楽しんでいたのは舟橋さんと田辺さんのようであった。両氏には相手をすぐチーク・ダンスにさそい込むようなところがあって、田辺さんなどは一ヵ所に立ち停まったまま、ただ上半身を左右にゆすりながら眼をつむって恍惚としているだけであった。ああいう踊り方なら私にもできたかもしれないが、それだけの勇気が私になかったこともまた明らかであった。

あの時分のダンス・ホールの「チケット」は十枚綴りが二円か三円――一枚が二十銭か三十銭ではなかったろうか。円タクと呼ばれて一円という札をさげていたタクシイが、近距離なら値切れば三十銭で乗れた時代である。五十銭も出せば、かなり遠い所まで行けた。物価も人間の価値も低い時代で、巷には失業者があふれ、遊廓や売春窟には身売りをしたオンナがあふれていた。二・二六事件の将校が蹶起したのも、農村の窮乏や民衆の生活難をもたらしている「君側の奸」を除去しようとしたためで、彼等なりの国家改造をくわだてた行動が、あの事件であったといわれている。

銀座は少年時代から私にとって行き慣れた街であったし、「銀ブラ」という言葉があったほど、あの街を目的もなく歩きまわることが当時の一つの流行でもあったが、あのころ私があれほど頻繁にあの街へ出たのは、やはり勤めをやめて家にいたことと、その家が銀座に近かったことに原因している。

「煙草を買いに行って来る」

私は家人にことわって普段着のまま一円札を一枚もって家を出ると、チェリーという煙草の五十本入りの罐を一つ買った。チェリーはつい最近まであった光に味の似た煙草で、ヘビー・スモーカーであった私は、そのころ一日に平均八十本もふかしていたが、その煙草は五十本入りが五十銭であったから、釣銭の五十銭玉をにぎると半蔵門か麴町二丁目からバスに乗って銀座へ出た。当時の市電はたしか七銭であったのに、バスのその区間は五銭であった。そして、私は書店へ入って星一つ二十銭の岩波文庫か、同額で布装の改造文庫を一冊買うと、喫茶店でコーヒーをのみながら読みふけった。テエヌの『文学史の方法』、ジイドの『田園交響楽』、ボオドレエルの『巴里の憂鬱』、T・S・エリオットの『文芸批評論』などは、いずれもそういう機会に読んだものであった。コーヒーは高い店でも十五銭であったから、バスで帰宅してもまだ五銭のこった。文庫本を買わなければ、タクシイで帰宅することも不可能ではなかった。時によっては、本代を二杯目のコーヒーに宛てることもあった。

その時分にちがいないが、私は南川潤の小説に、十円札を持たずには銀座を歩けないという意味のことが書かれてあるのを読んで、東京生まれのくせに、たかが銀座ぐらいで大袈裟な奴だと思ったことがある。そのころのサラリー・マンの初任給は四十円から六十円ぐらいまでであったから、当時の十円は現在の六、七千円に相当するであろうか。南川は心臓弁膜症で、何事にも用心ぶかい男であったから、そういうところにも、彼の性格の一端が反映していたのであろう。

私も洋服に着換えて銀座へ出る時には、いかにその頃でも一円だけしか持たずに出るということはなかったが、煙草か雑誌を買いに出た脚をそのまま銀座へのばす機会もすくなくなかった。そして、やはりほぼそれに近い経済状態で、ある日私は土橋の近くにある酒場へ一人で行ったことがある。

「野口に銀座のバアを訊くと、さッと地図を書いてみせるからな」

私は後年、そう言って船山馨に幾度かひやかされたことがあるが、誇張にしろ、まったくの嘘ではなかった。

踊れもしないでダンサーに知人を持っていた私には、飲めもしないのに銀座のバアのホステス――当時の言葉でいえば女給にもかなり多くの識り合いがあった。それは、私が学生時代から親しくしていた友人に飲み手が多くて、彼等と交際をしているうちに馴染みの店やホステスの数が増していったということだけのことでしかなかったが、中にはごく稀に客とホステスという立場をほんのすこし越えた相手もあった。土橋の酒場の女もその一人で、立石明子といった。

結婚に失敗した彼女には男の子が一人あって、その子を郷里の両親に託してあるので、養育費をかせぐために働いているのだといっていたが、それは私になんらかの警戒心を持たせるための口実であったかもしれない。彼女は私になにがしかの好意を寄せながらも、常に一線を画していた。人差指の先を自身の唇にあてて、その指先を私の唇に押し当てたことはあったが、それを越えようとも、越えさせようともしなかった。白い肌と、白眼の部分が真青な感じのする彼女の髪は、すこし赤みを帯びていた。二十三歳だと彼女は言っていたが、いつわりだと思われるところは、どこにもなかった。

「どうしたの、一人？」

道路から直接二階へのぼれるようになっていたその店の下に立っていると、二階の窓から彼女の同僚が顔を出したので、私が明子を呼んでくれと言うと、くびれるようにきつく襟許を合わせた和服姿の彼女はすぐ階段を降りて来てけげんな顔をした。その顔を正面から見すえながら、私は言った。

「金を借りたいんだ」

「落しちゃったの」

「三円ほしいんだけど、二円でもいい」

「どういうお金？　なんに使うの？」

ようやく疑いを持ったらしい彼女がたずねた。その顔が、明滅するネオンの光に照らされたり消えたりした。

「玉の井へ行くんだ」

彼女は息をのんだようであった。

「どうして、あたしがそんなお金をあなたに貸さなきゃならないの」

「君なら貸してくれると思ったんだ」

「……あたしなら？」

言いかけた彼女は、言葉を切ると、

「持って来るから待っていて」

着物の裾と足袋とのあいだにわずかな肌の部分をのぞかせながら明子が急ぎ足で階段をのぼって行くのを眼で追っているうちに、私はそのままその場を立ち去ってしまおうかと思った。しかし、ふたたび引き返して来るまで待っていて、金を受け取った。それは、五円札であった。

「近いうちに返しに来るよ」

私が言っても、明子は下を向いていた。私は真直ぐ帰宅した。玉の井へ行くといった私の気持にいつわりはなかったが、彼女が金を取りに階段をのぼって行ったとき――正確には彼女の着物の裾と足袋とのあいだにわずかな肌の部分がのぞけて見えたとき、私はその気持をうしなってしまっていたのであった。

一部の友人たちが溜り場にしていた新橋のおでん屋へ私が行ったのは、その十日ほど以前である。そこに坐っていれば、誰かたいてい一人や二人は顔を出すはずであったのに、その日は誰も来なかった。そして、私はそこの女主人から明子が風邪で店を休んでいると告げられて、その店の娘の案内で露月町《ろげつちょう》のごみごみした路地奥にあった彼女のアパートへ連れられて行った。

彼女はタオルのパジャマの上に羽織を着て寝具の上に起きていて、明日あたりはもう床からはなれることができる状態なのだと言ったが、ほつれた髪が額にかかっていた。それから、おでん屋の娘が帰ってしまうと、紅茶をいれてトーストにバターを塗ってすすめてくれた。

「ジャムがなくて済みません」

「どうして」

「バターの上にジャムを塗るの好きだって言ったでしょ」

「そんなこと覚えてたの」

「女って、そういうものよ」

それからすこし間をおいて、

「誰のことでもってわけじゃないけれど」

と言ってうつむいた耳が赧かった。

ほぼ快癒していた彼女の健康状態からいっても、その晩私がそこへ泊まれば、私たちは男と女とが当然おちいる状態にすすんでいたはずである。それを避けたのは私であったが、彼女も引きとめようとはしなかった。

「僕は帰ったほうがいいんだろう」

背をむけて靴を穿きながら言うと、

「ごめんなさい」

そう言う声が背後から聞えた。私はそのまま振り返らずに、後ろ手でドアを閉めながら廊下へ出た。近いうちに玉の井へ行こうという考えがうかんできたのは、そこの小さな電灯が赤っぽく灯っている階段を降りきらぬうちのことであった。

土橋の酒場へ借金の返済に行ったのは、二日ほど後のことであったろう。私は玉の井へ行ったとも行かなかったとも告げはしなかったし、彼女もたずねずにその金を受け取った。しかも二人のあいだになんのわだかまりも残らなかったのは、彼女も私があの夜、真直ぐ帰宅したことをなんとなく察していたからであったに相違あるまい。

「……今夜、あたしの今度の部屋を見に来てくれない？」

御成門の近くへ引越したという明子が、土橋の店で私の友人の耳をぬすんで、私の煙草へマッチの火を点けながら突然ささやいたのは、それから更に一ヵ月ほども経ってからであった。

「此処へ先に行っているわ」

二本目の煙草に右手で火を点けるとき、左手で渡してよこしたマッチ函に入れてあった略図をたよりに、友人と別れた私が彼女の待っていた芝口のすし屋へ着いてから、二人でタクシイを拾ったのは午前一時を過ぎていた。芝口から御成門までは、タクシイに乗れば五分ほどの距離である。

その家は染物屋だということで、明子が裏木戸を開けると、夜目にもわずかに見分けられる、かなりひろい空地がひらけていた。そこに染物や洗張りの布地が伸子張りされるのだとのことであったが、自身の草履を下駄箱へしまってから片手に私の靴を持った彼女は、廊下の突き当りにある自室の一本引きの板戸を開けたとたんに、立ちつくして小さく叫んだ。

「あらア、どうしたの」

そこにはなんの前触れもなく明子の父親が上京して来ていて、彼女の帰りを待っていたのである。そして、それが彼女にとっていかに意外な出来事であったかは、父娘の会話から私にも素直に肯定できた。

私は明子との交渉の上で、しょせん縁のない人間とあきらめるよりほかはなかった。すでに電車はなくなっていたし、御成門というような場所では、そんな時刻になってから外へ出てもタクシイが拾えるアテはなかった。私がそこへ泊まることになったのは、そういう事情のためであったが、真中へ父親が寝て、私はその隣りへ身体を横たえることになった。

「旦那様には、娘がほんとうにお世話様になりまして」

いかにも朴訥な感じのする父親は、私を明子にとってどういう人間だと思っていたのであろうか。「旦那様」という呼び方に私は拘泥せずにいられなかったが、電灯を消した後までおなじ言葉を訛りの強い広島弁で繰り返されても、私には答える言葉がなかったので、背をむけて聞えぬふりをしていた。

明子が土橋の店をやめたのは、それから間もなくであった。結果から考えて、父親は彼女の帰郷をうながすために上京をしたものと思われるが、明子にしても、なんの理由もなく東京を立ち去るわけはない。子供があると言っていたのはつくり事かもしれないが、結婚をしたことがあるというのは事実であろう。とすれば、一度わかれた夫の許へ復縁したのかということも考えられる。そして、それは相手に教育召集の令状が来たために、遠からず出征が予測されるというようなことに関係を持っていたのであったかもしれない。

片手に私の靴を持って、一本引きの板戸を開けたとたんに小さく叫んだ明子が、人差指とマッチ函の記憶だけをのこして、一言の挨拶もなく私の前から姿を消しても、それを怒る権利は私になかった。しかし、明子はあの夜、芝口のすし屋で私を待っていたのだ。そういう明子が私に何も言わずに東京から去って行ったのは、やはり彼女の離京が結婚にかかわりを持っていたからなのであろう。それゆえ、彼女は私と顔を合わせることも、言葉をかわすことも避けて郷里へ帰っていったのだと考えられた。そして、その行動には戦争にかかわりがあるというなんの証拠もありはしなかったが、私には負け惜しみでなく、戦争に結びつけて考えずにいられぬものがあった。戦争は一つ一つ私から何かをうばっていくという考えが、そのころからようやく私の固定観念となりはじめていた。

昭和十三年一月十六日、政府「国民政府を対手とせず」と声明。二月一日、人民戦線第二次検挙。二月三日、学徒の在学期間短縮の特典廃止。三月二十九日、メーデー全面的に禁止。同月、石川達三の『生きてゐる兵隊』発売禁止。四月一日、国家総動員法公布。四月四日、灯火管制規則公布。六月二十九日、綿製品の製造販売制限。八月二十三日、文士従軍。九月一日、新聞用紙制限令実施。

十四年二月十六日、政府鉄製不急品の回収開始。四月十二日、米穀配給統制法公布。六月、パーマネント廃止。十月一日、石油配給制。同日、映画法実施（製作本数制限、シナリオ事前検閲、興行時間制限）。十月二十日、価格等統制令実施（一般物価、賃金、地代、家賃など九月十八日現在の水準にクギづけ。ヤミ価格時代はじまる）。十一月十一日、第三乙種設定。十二月一日、米穀搗精制限実施で白米禁止。十二月二十五日、木炭配給制となる。（社会思想社版『明治・大正・昭和世相史』による）

私たちの青春は、こういう時代の中にあった。精神的にも、乏しさに耐えていくことにしか、私たちの青春のすごし方はなくなっていた。

明子が去ってからも私はしげしげと銀座へ出ていたが、銀座への行き帰りに私の家に立ち寄ってくれる訪客もすくなくなかった。現在ほど電話が普及していなかったせいもあるし、お互いに年齢が若かったので、身体を動かすことが苦にならぬせいもあった。

あるとき訪ねて来てくれた豊田三郎さんを送るために外へ出た私は、東郷元帥邸の庭園へまぎれこんだことがある。東郷元帥が逝去したのは昭和九年五月三十日で、上六番町にあったその庭園は元帥の死後一般に開放されていた。

国葬の礼を受けて軍神に祭られた高名な武将のものとしては質素な邸宅は、そのまま保存されていて、庭園も大した広さではなかったが、熊手で掻きならされた砂のように粒のこまかい小石の径に置かれたベンチに腰をおろすと、豊田さんは煙草をふかした。豊田さんの煙の吐き方には特徴があって、火鉢の炭火を吹きおこす時のように、唇を小さくすぼめてすこし前へ突き出しながら、煙が棒状になって一直線に走るような吐き方をした。それから、

「乃木神社なんかもそうだけれど、日本じゃ軍人の家ばかり大切にして、文士や芸術家の家にはなんの保護も加えないんだからね」

と言って、そおッとあたりを見まわした。

その程度の言葉すら、他人に聞かれてはならぬ時代になっていた。言論統制は、いつの間にか次第にきびしさを加えていた。きびしさが増すと、それに迎合して先走りをする者があらわれてきた。ある意味で、敵よりも怖ろしかったのは、こうした「味方」である。手許にあるアルバム年史の一冊をみると、銀座街頭で通行中の女性が「お袖を短くいたしましょう」「パーマネントをやめましょう」という注意を受けたのは昭和十五年のこととされているが、「一億

一心」「滅私奉公」を中心とする個人の思想への干渉が強まったのもそのころからである。

青年は農村か工場で生産に従事するか、戦場に出て銃を執るものであって、芸術は国民の戦意を昂揚させる手段としか考えられぬようになっていった。そういう時代に、私たちはあえて、その「青年」と「芸術」という二語を組み合わせて、青年芸術派という小集団を結成した。集団の結成は十五年の秋だが、新雑誌の創刊は禁じられていたので、同人八名の合著という発行形式をとって、短篇集『青年芸術派』を明石書房から出版したのは十六年四月のことであった。言うまでもなく昭和十六年は、のちに太平洋戦争と呼ばれるようになった大東亜戦争に突入した年である。

＊

つい最近に至るまで、半蔵門の家を昭和十三年に引越したものとばかり思い誤まっていた私は、ふとしたことから、それが十四年の春であったと気がついた。

十九年の九月に海軍へ応召したころ、私は軽度の胃潰瘍のために本郷元町の堀内胃腸病院へ通院していたが、アトニイが次第に悪化して生ま温かい透明な液体が口中にあふれて来るような状態になったのは、半蔵門時代の終りごろからである。そのために、私はいつも机の脇に銅器の痰壺をおいて、その中へ唾液を吐きながらノルモザンという白くて大きな錠剤を無茶のみしていたが、もともとあまり好きでなかった御飯粒をほとんどまったく食べられなくなってしまったのも、そういう症状のためであった。

まだ独身であった私は麴町二丁目の蕎麦屋へ行って、ウドンの卵とじなどを朝午兼帯の食事がわりにすることが多くなった。私が新聞で岡本かの子さんの死を知ったのはその店でのことで、その新聞紙には蕎麦ツユがきたならしくしみていたことを思い出すが、氏の死は十四年の二月十八日であるから、そのころまだ私は半蔵門の家に居住していたことになる。

私は彼女の息子の太郎と小学校から中学まで同級で、一平かの子夫妻には少年時代から親しんでいたし、太郎がフランスへ渡ってからも日比谷の山水楼でご馳走になったりしていたので、新聞をみてから二、三日後に当時の同級生と二人で青山のお宅へ弔問に行った。弔問の日をずらしたのは、その友人が新聞社に勤めていて、どうもかの子さんの死の発表の仕方にはおかしなところがあるから、すぐには駆けつけないほうがいいだろうと言ったからであった。

「お前は文学で身を立てる気があるのか。あるんなら勤めなんかしていちゃダメだぞ。親父だろうが、おふくろだろうが喰いつぶしてやれ」

山水楼でははげしく私に言った一平さんは、友人と私が弔問に行くと応接間へ出て来ることは出て来たが、一時間ちかくのあいだ涙が頰を流れるにまかせて一度も拭おうとはせずに、若い私たちを呆然とさせた。そして、その一平さんは間もなく再婚をして、あの涙はなんであったのかと、さらに私たちを驚かした。

淀橋区——現在の新宿区戸塚町へ引越したのは十四年の春で、私はその年の七月からフランス文学の翻訳書と山岳関係の書物を主として出版していた青木書店へ勤めるようになった。主人の青木良保さんは陸軍少尉として華中に出征中で、私の友人山口年臣が渡辺一夫、今日出海《こんひでみ》、深田久弥の三氏を顧問にあおいで、唯一人青木夫人富子さんの書店経営をたすけていたが、すこし刊行物をふやしたいので手伝いに来ないかと私はさそわれたのであった。書店は諏訪町にあって、私の家からでは徒歩五分ほどの距離であった。

高見順氏の『化粧』、井上友一郎氏の『残夢』、徳田一穂氏の『取残された町』などを出した「都会文学叢書」というシリイズは私の企画で、いま思うと顔から火が出るほど羞かしい帯の文案も私が書いた。舟橋さんの『岩野泡鳴伝』が出たのは私がそこへ行くようになる直前であったが、「文化叢書」というシリイズは私が行って手がふえたために刊行されたもので、その叢書の一冊として徳田秋声先生の短篇集『チビの魂』が出た時には、一穂さんを案内者として先生みずから印税を受け取りに来られた。私は山口と四人で新宿へ出て紀伊国屋書店へ田辺茂一さんを訪ねたが、氏が不在であったためにさらに銀座へ出て食事をご馳走になった。『チビの魂』は昭和十五年の二月に発行されているが、その年は私にとってきわめて多忙な年の一つであった。

私が結婚をしたのはその年の浅春で、私の最初の長篇小説は岡田三郎さんが編集をしていた「文学者」の四月号から三ヵ月にわたって分載されたのち、交渉を受けた二軒の出版社の話を私のほうから辞退して、七月に青木書店から出版してもらった。もっとも、その長篇はそれよりかなり以前に書き上げてあったもので、前年の終りからその年の秋にかけては、私の三冊目の著書となった中篇小説の素稿を「作家精神」という同人雑誌に連載していた。そして、「新潮」「三田文学」のほか一、二の雑誌にも短篇を発表したが、私にとって最も忘れがたいのは、旧友の沢渡博が山形に帰省して独力で不定期に刊行していた「意匠」という薄い雑誌に、やはりその前年の秋から『僕の吉原ノート』という傍題を附して、毎号表題を変えながら四回に分載した随筆である。

それは小説を書こうとして、結果的に随筆に終ったものであったが、私が吉原に興味をもってせっせと通いはじめたのは、樋口一葉が『たけくらべ』を書いたのが日露戦争中だということに気がついたからであった。私は妓楼をスケッチしたり、妓夫《ぎゆう》太郎にチップをにぎらせてその世界の内幕を聞いたり、遊廓の外側の暗い横丁を歩いてみたりして、帰りには必ず浅草のメトロ横丁にあったボンソアールという店へ立ち寄ってコーヒーをのんだ。高見順さんが『如何なる星の下に』を書いていたころで、氏は私の顔を見ると言った。

「お互いに縄張りを決めましょうよ。僕は観音様の裏手まで、あなたは遊廓《なか》から観音様の裏手まで。ね、それでいいでしょ」

自分でルールを決めた高見さんは、しかし、自分でボークをおかした。

「あんなつもりじゃなかったんだけれど」

やはりボンソアールで私と顔を合わせると、掌でペロッと自身の顔を撫でて照れ笑いをした。

「いいんですよ、もう。僕は吉原へかよって、たった一つ発見をしたんです」

「なんです」

「そりゃ、教えられない」

「参った」

高見さんは、大きく後ろへのけぞるような格好をした。

吉原を作品の対象とすることができるのは大正作家と呼ばれる年代の人までで、昭和時代の作家が対象とするのには、街もオンナもすでに時代遅れになっているというのが、そこへ半年あまりも通いつづけた私の結論といえばいえた。それゆえ一そう私は書いてみたかったのだが、幻滅のほうが大きかった。

『如何なる星の下に』を書いた高見さんもそうであったろうと思うが、私も戦争ないし戦時体制に背をむけるために、吉原というような土地へ故意に出入りしていたので、そうすればするほど、却って戦争というものが意識されたことも事実であった。

十六年春から文学活動を開始した青年芸術派が実際に結成されたのは十五年の秋であったように、私が平野謙と大井広介の両氏にさそわれて「現代文学」の同人になったのも十五年末であったのに、「現代文学」が同人制をしいて、その氏名を公表したのは十六年の三月号であった。いまその雑誌に掲載されているままの順序に従って氏名を列記すると、井上友一郎、豊田三郎、高木卓、檀一雄、私、大井広介、山室静、赤木俊（荒正人）、坂口安吾、佐々木基一、北原武夫、菊岡久利、南川潤、宮内寒弥、平野謙、杉山英樹の十六名だが、ここに豊田さんと高木さんの名が入っていることから、私にはまた一つ思い出されることがある。

大正文学研究会は河出書房から『芥川龍之介研究』と『志賀直哉研究』の二冊を編集発行したほか、大正作家を毎回お一方だけお招きして、その座談会の速記録を、春陽堂から出ていた「日本の風俗」という雑誌に掲載したという業績をのこしている。が、団体そのものの成立事情や運営の面については渋川驍《ぎょう》氏のメモ以外に拠るべき資料がなくて、一切がほとんど不明の状態におかれているわけであって、私は、昨年——昭和四十二年九月に新橋亭でおこなわれた宇野浩二氏の七回忌の席上、同会のメンバーの一人であった高鳥正君から新しい知識を得た。高鳥君の記憶によれば、彼が居住していた谷中天王寺の天王荘というアパートへ高見さんと、高見さんの作品に橋倉一弥とかクラさんという名でしばしば登場する詩人の倉橋弥一君が遊びに行ったとき、高鳥君の書棚に大正作家の初版本が並んでいるのを見て、

「大正は立派だねえ」

と高見さんが言ったのが、会の発足につながったというのである。

文字にこう書いてしまうと、どこか眉唾めいて来ないでもないが、一見いかめしげな学術団体などにしても、その発生の経過はおおむねこういったものではないのであろうか。現に大正文学研究会にかなり深入りした私にしても、戦後、自分より若い世代の人が研究会について書いているものを読むと、すこしくすぐったい思いをまぬがれない。私としては、まアそういっ

た程度のことであったろうと、高鳥君の話を一応信用できる。というのは、倉橋君という人が、その程度の話でもどんどんふくらませて固めることのできる、不思議な才能の持ち主であったからなのだ。

敗戦直前の二十年六月に国電十条駅のプラットフォームで、電車の連結から落ちて轢死した倉橋君は、ひとくちにいえば性格破産者で、われわれが常識で考える実行力はなかったが、宇野浩二さんの日曜会をまとめ上げたのもこの人であった。

私は日曜会にも入れてもらっていながら、やはり正確なメンバーを知らないのだが、十八年二月十日に催された十周年記念の会合の写真をみると、前列左から石光葆《しげる》、矢崎弾、間宮茂輔、宇野浩二、田畑修一郎、徳永直、倉橋弥一、後列左から田辺茂一、渋川驍、私、新田潤、高鳥正、中野重治の十三名が撮影されている。そのほかに石川淳、中山義秀、上林暁、高見順、川崎長太郎、木山捷平の諸氏がおられたことは確実で、会場は銀座のキュウペルを使用することが多かった。しかし、十周年の会合は築地の芳蘭亭でおこなわれていて、十八年の二月という時点では無届集会が許されるはずもないし、届出がされていたとしてこのメンバーでは特高刑事が来ないはずはないのに、そういう記憶は私にない。不思議である。現に日本ペンクラブの月例会には、いつもかならず日比谷署の特高刑事が来ていたということであるし、大正文学研究会にも特高は来た。高見さんが書いている。

ある時、広津さんと宇野さんを招いて話を聞く会をした。会場はこれも東京駅八重洲口の

八重洲園という喫茶店の一室だった。会の半ばで、ボーイが緊張した面持で、

「責任者の方、ちょっと来て下さい」

と言った。その語調から不吉なものを感じた私は、世話役の渋川驍に、

「僕が行ってみましょう」

と言って席を立った。ひとしく不吉な気配を感じていたらしい渋川驍に、あとをうまく頼むと私は眼で言っていた。

廊下に出ると、ひと眼で刑事と分る男が二人立っていて、

「京橋署の者だが」

と威圧的な声でそう言って、

「なんの会をやってる」

無届集会だと言う。それは不穏な集会だという意味に他ならない。

当時はたとえ数人の集りでも、集会届をかならず所轄の警察署に出さなければならなかった。その届を私は八重洲園の方から出してあるものとばかり思っていた。意識的に無届集会をやったわけではなかった。

無届の場合は、それがばれると総検束をされる。そういう目にしばしば私たちは会っていた。たとえばその二三年前に「人民文庫」の文学研究会を新宿の喫茶店でやっていたら、やはり無届集会のかどで一網打尽という目に会わされた。みんな数珠つなぎにされて、新宿の

街を、バクチの現行犯みたいに署へひっぱって行かれた。

「人民文庫」同人の検束は十一年十月二十五日で、場所は新宿武蔵野館の通りにあった大山という喫茶店の二階である。私は「人民文庫」には関係がなかったが、八重洲園の時には出席していた。築地の芳蘭亭で催された日曜会十周年の会合の折には、中野さんや徳永さんも出席していたのに、集会届けが出されていたというだけで警戒の眼をのがれたのであったろうか。不思議である。ほんとうに不思議というほかはない時代であった。

渋川さんのメモによれば、大正文学研究会の第一回打合わせ会が、のちに日本文学報国会の事務局となった麴町区永田町の文芸会館で催されたのは十五年十二月二十八日で、出席者は高見順、平野謙、渋川驍、倉橋弥一の諸氏と私のほか誰がいたか不明だとのことだが、誰かいたとしてもせいぜい一、二名であったろう。

私が平野さんから「現代文学」の同人に高木卓さんを誘ってくれないかと言われたのは、その帰りの車中でのことであったと思う。当時、平野さんは四谷見附に近いアパートに住んでいたから、私は早稲田まで都電で帰るために同じ電車に乗ったのであろう。高木さんの名を挙げられて私は一瞬当惑した。私の所属していた「作家精神」の同人には高木卓、豊田三郎氏のほかに木暮亮、桜田常久、高橋義孝、福田恆存《つねあり》、佐藤晃一の諸氏がいた。麻生種衛《たねえ》氏もすぐれた評論を書いていた。

「高木さんに声を掛けるのは差支えないんですけど、僕としては豊田さんを通じて高木さんを識ったわけなんで、その場合は豊田さんも同人にしてもらわないと……」

ぐあいが悪いのだがと言いながら、私は自分が一歩オトナの世界へ足を踏み入れたことを感じていた。そして、自分には今後も一そうむずかしい人的関係に巻き込まれていくことがあるだろうと考えた。果して、そういう時はすぐやって来た。

「現代文学」は十六年の三月号で同人氏名を発表すると四月号を休刊して、五月号から私が編集責任者になった。といっても編集は合議制で、依頼原稿が承諾されなかった場合の応急処置だけが私にまかされるといった程度のものであったが、私が責任者になってから二冊目に相当する六月号に矢田津世子さんの「車中にて」という随筆が載った時に問題が生じた。以下は坂口安吾さんが戦後になってから書いた「二十七歳」という短篇の一節である。

私は大井広介にたのまれて、戦時中、「現代文学」という雑誌の同人になった。そのとき野口冨士男が編輯に当って、私たちには独断で矢田津世子に原稿をたのんだ。その雑誌を見て、私はひどく腹を立てた。まるで私が野口冨士男をそそのかして矢田さんに原稿をたのませたように思われるからであった。果して井上友一郎がそうカン違いをして、編輯者の権威いずこにありやと云って大井広介にネジこんできたそうであるが、井上がそう思うのは無理もなく、それだけに、矢田津世子が、より以上に、そう思いこむに相違ないので、私の怒りは、ひどかったのだ。

けれども、そのとき、野口冨士男の話に、矢田さんが、原稿を郵送せずに、野口の家へとどけに来たという、矢田さんは美人ですねという野口の話をききながら、私はいささか断腸の思いでもあった。

これを読んだとき、井上さんがこんなことを言うはずはないと思いつつも、私こそ「編輯者の権威いずこにありや」と言いたい気持であった。「現代文学」の同人中では坂口安吾、井上友一郎、北原武夫の三氏だけが、矢田さんとともに昭和八年に創刊された「桜」という雑誌の同人であった。したがって、井上、北原の両氏は坂口さんと矢田さんとの仲について知識を持っていたであろうが、私はそれまで坂口さんとはほとんど一面識もなくて、矢田さんとのことなどまったく知らなかった。知らないのはおかしいと言えるほど、その当時の坂口さんがまだ著名作家でなかったことも事実であった。私はただ矢田さんの文学を買っていたので、執筆を依頼したにすぎない。現に船山馨も矢田さんのファンで、彼は自身が関係していた豊国社から矢田さんの著書を出版している。矢田さんが美人だということは定説で、そのとき玄関へ取次ぎに出た私の家内は、現在でもまだ美人だと信じている。私には、何も言われる筋合いはなかったのだ。

戦後になってこういう文章を書いた坂口さんは、その時にも私に何か言ったが、そんなことにいちいち取り合っていると「現代文学」のような寄り合い世帯では息苦しくなるばかりなので、私はこれという弁解もしなかった。私にしても自分の気に入らぬ原稿を載せるだけの譲歩はしているのだから、勝手な我儘を言ってもらうまいという気持があった。

原稿は郵便で依頼していたために、意志の疎通を欠くことがあった。当時、葉山嘉樹さんは天竜川の工事現場にいたのであったと思うが、依頼状に謝礼は軽少で申訳ないが、誰方にも一枚一円の均一にお願いしているのでご諒承いただきたいと書き送ったところ、「バナナの叩き売りではあるまいし、一円キンイチとは何事か」と私は怒られてしまった。私がうっかり「一円金一」と書き誤まったのであろうか。それとも、葉山さんが「均一」を「キンイチ」と読み誤まったのであろうか。悪記憶の一つである。

しかし、なんのかんのと言っても、けっきょく「現代文学」は私にとって住み心地のよい雑誌であった。平野さんや大井君が外様の私を大切にしてくれたし、宮内君とも親しくなった。荒さんは夫人の手をわずらわして原稿をとどけてくれたし、菊岡さんもオートバイに乗って原稿を届けに来てくれた。大井君の家で雨戸を閉め切っておこなわれた卓上野球やウスノロというゲームには私も加わって、たのしい半夜をすごした。

「現代文学」は左翼系の評論家と、時代に非協力な風俗作家の集まりで、当局のおぼえはめでたくない雑誌であったと思うが、青年芸術派もにらまれた。最初の短篇集『青年芸術派』が明石書房から出たのは、そこに牧屋善三が勤めていたからで、通文閣から『青年芸術派叢書』という名のもとに各自が一冊ずつ書きおろし長篇を出版したのち、第二短篇集である『八つの作品』を出すことができたのも、そこに井上立士が勤めていたからにほかならない。そんな手蔓でもなければ私たちのものを出版してくれる社などはなかったためもあるが、通文閣には迷惑をかけた。『青年芸術派』の時にも井上の短篇「男女」が注意を受けたが、『八つの作品』では青山の「海辺の人」と井上の「もっと光を」のために発禁に遭った。もっとも大半が市場に出た後であったから、経済的にはそれほどの打撃は与えなかったであろう。

『八つの作品』が出たのは太平洋戦争の開戦と同年同月に相当する十六年の十二月で、印税は八人で等分すると各自の手に渡る額は知れたものであった。戦争の成り行きはどうなるかわかったものではないのだから、いっそその金で一泊旅行をしようと言い出したのは南川で、来の宮の山の上にあった玉の井別館に宿を取った。十七年二月のことで、すでに太平洋戦争ははじまっていた。田宮と牧屋が不参で一行は六人になったが、すこし早目に着いて熱海銀座を歩いていると徳田先生と吉屋信子さんに行き遭った。

「今ね、そこで焼芋を売っていたんで、あたしも行列したかったんだけれど、あら吉屋信子よッて言われるのがいやでしょう」

吉屋さんは無邪気に言った。その言い方にはすこしのいやみもなくて、有名人というものの不自由さが思いやられた。同時に、吉屋さんのような人までが焼芋の行列に加わろうという時代になったのかという感慨が私にはあった。

伊豆山の桃山荘に吉屋さんと泊っておられた徳田先生から私に電話があったのは、われわれが夕食の膳についていた時であった。

「吉屋さんが皆さんに一杯さしあげたいって言っているんですけど、来ませんか」

私が送話口を掌でおさえて皆にはかると、それじゃ行ってみるかということになった。来の宮から伊豆山までは遠い。熱海市をほぼ端から端まで横断することになる。しかし、物資も乗物も窮屈になっていたので、われわれはその道を歩いて行った。青山光二の記憶によれば、それは徳田先生の部屋で、机の上にはシュニッツラアの翻訳書が載っていたとのことである。そして、われわれはビールをご馳走になると、一時間そこそこで席を立ってまた歩いて戻った。

桃山荘でも話はあまりはずまなかったし、帰りの道でも皆はなんとなく元気がなかった。波の音はきこえたが、海も街も暗くて見えなかった。私の明日も暗くて見えなかった。「都新聞」に連載されていた徳田先生の生涯の最後の長篇『縮図』が情報局の干渉を受けて八十回で中断されたのも、その前年の九月のことであった。

深い海の底で

昭和十三年に創刊された「槐《えんじゅ》」が「現代文学」と改称してから同人の増員をはかって、十六名の新メンバーを公表したのは十六年三月号の誌上であった。

さいきん大井広介君が文藝春秋版「現代日本文学館」のために執筆した坂口安吾氏の評伝によると、その同人の人選には平野謙、杉山英樹、大井広介の三氏があたったのだとのことである。私もこのとき同人にくわえられた一人であったのにもかかわらず、同誌は翌月の四月号を休刊して、五月号から新同人の私が編集責任者となった。そして、十月号かぎりでその立場をはなれたのであったが、どうやら私はそのとき責任者の地位を追われたというのが真相であったらしい。すくなくとも、大井君はそう書いている。引用中の括弧内は、私が書き入れたものである。

(坂口安吾は) 締切りの数日前には原稿を届けていたが、編輯に苦情をいうのも随一で、野口冨士男を強引に井上（友一郎）にかえたのも彼だ。彼と宮内（寒弥）の野口批判は論拠がまことに薄弱で、平野（謙）は笑い興じ、井上は苦々しげに一言もさしはさまず、二―一で私が応酬するのをきいていた。井上はひきつぐ条件に、外部の人に寄稿させ、同人をとりあげなくても、一切井上にゆだね、かれこれ苦情をいわぬという言質をとった。

三十年ちかくも以前のことだから、もうどうでも構わないようなものだが、ことは私が編集を引き受けてから二冊目の六月号へ「外部の人」である矢田津世子さんに随筆の寄稿をあおいだところに端を発している。

そのことについて、当の坂口さん自身は戦後になってから発表した「二十七歳」という短篇小説の中で、「その雑誌を見て、私はひどく腹を立てた。まるで私が野口冨士男をそそのかして矢田さんに原稿をたのませたように思われるからであった。」と記している。そして、さらに「果して井上友一郎がそうカン違いをして、編輯者の権威いずこにありやと云って大井広介にネジこんできたそうであるが、井上がそう思うのは無理もなく、それだけに、矢田津世子が、より以上に、そう思いこむに相違ないので、私の怒りは、ひどかったのだ。」とつづけているのだが、私にしてみれば、そういう事態は予期せぬ結果であったというより仕方がない。

坂口さんはかつて矢田さんと恋愛関係にあって、井上さんはそれを知っていたのだそうだが、二人はその前におなじ同人雑誌に籍をおいていた間柄であった。それに反して、私はなじみのうすい寄り合い所帯の同人雑誌へ入ったばかりでいきなり編集をまかされて、二号目ぐらいでは誰の過去にどんなことがあったか知るべくもなかった。

が、かりに何歩かをゆずって、私の迂闊さが坂口さんの怒りを買って井上さんと交替させられたのだとすれば、六月号でそういう過失をおかした私がどうして十月号まで編集をまかされていたのか、時間的に符節が合わない。坂口さんがそのことをいつまで根に持って、ついに私を辞任に追い込んだというようなことも、あるいはあったかもしれないが、それにしても、事実はどこかでわずかながら大井君の書き方とニュアンスが違っているのではなかろうか。

というのは、ほかでもない。十月号かぎりで私が編集責任者を辞したことは事実だが、その前に別のワン・クッションが入っている。

当時の「現代文学」の奥附をみると「編輯事務処」は渋谷区千駄ケ谷四ノ六二五におかれているが、この地番は大井君の自宅である。そして、発行所は淀橋区戸塚町一ノ四四八の大観堂で、この大観堂は尾崎一雄氏の『暢気眼鏡』にえがかれた古書肆《こしよし》だが、出版も手がけていて、店主は北原義太郎氏といった。私が「現代文学」の編集責任者を命じられたのには、その大観堂と同一町内に居住していたという地理的条件も原因の一つになっていたかもしれない。

ところが、私は編集を引き受けてからまもなく大井君の世話で渋谷区幡ケ谷本町三ノ五七一へ借家をみつけてもらって転居した。それが昭和十六年の七月であったことは、さいきん徳田秋声先生の『縮図』を掲載中の「都新聞」をしらべていてわかったのだが、同月十日附の同紙文化面消息欄に報じられているので確実である。そして、その家に、北原義太郎氏が平野謙、大井広介の両氏と三人連れで突然来訪したのは、転居直後のことであった。私にはすでに子供

があったが、玄関とも三間の家なので奥の八畳間へ案内すると、

「まア、野ぐっつぁん聞いてください。えらいことが起りましてね」

大井君が、すこし巻き舌の気味で口火を切った。

アンドレ・モオロアの『フランス敗れたり』で大当りをとった大観堂が、余勢をかって神田区錦町一ノ七へ出版部を進出させたのはその直前——「現代文学」の奥附でいえば九月号のことだが、九月号の発売は八月で、原稿を印刷所へ入れたのは七月のことであろうから、時機的には私の幡ケ谷転居とほぼ時をおなじくしている。ところが、『フランス敗れたり』がベスト・セラーになると、それまで出版部の責任者であった人がかなりの高額の使いこみをしていたことが発覚して、北原さんはその人を解雇した。そのため、せっかく事務所は持ったものの出版部の運営が停滞してしまったので、誰か次の責任者がみつかるまでの期間を私につないでもらえないだろうかというのが、その折の三人の来客の要談の内容であった。

「……弱りましたねえ」

話のあらましを聞いてから私は言った。

私には、文学的にかならずしも短かくない下積みの過去があった。そこからなんとか一歩か半歩を踏み出せたのは、ようやくその前年あたりのことであった。さあこれからだという気持があったので、誘われるままに「現代文学」へも同人としてくわえてもらったのに編集の責任を負わされただけではなく、今度は出版社の業務上の運営までになわされるというのでは、や

り切れぬ思いであった。

それを固辞し切れなかったのは私の気の弱さだが、私がつなぎの役を引き受ければ、平野さんの奥さんが私の補佐役を受け持つといわれたからでもあった。平野さんの奥さんが大観堂の急場を助けると言っているのに、私が働くのはいやだとは言えなかった。北原さんの立場にも同情すべきものがあった。

「ほんとに、代りの人を見附けてくれますね。見附かったら、やめてもいいんですね」

私は念をおした。

「そうしていただければ、ほんとに助かります」

北原さんが頭をさげた。

それで私が働くことはきまったのであったが、大して書く場所を持っていたわけでもない私がそんな条件を出せたのは、戦後の私と違って、その時分には多少の家産があったからにほかならない。遊んでいてもいいというほどではなかったにしろ、働かなくては食うにこまるというような生活環境におかれていなかったことも事実であった。

坂口さんから「現代文学」の編集責任者としての私に対する不信任案が出ていたことは、あり得る当然の事実としてみとめられるものの、私には氏から「野口冨士男を強引に井上にかえ」られる以前に、こうしてほんの短時日ながら平野夫人と二人で大観堂の出版部をささえた期間があった。その間の事情が、どこか大井君の文章とはニュアンスが違っているように、私には思われるのだ。

いつも心の真ん中に文学が坐っていたせいか、私はどこへ勤めても長続きのしない人間であったが、大観堂における在任期間も、せいぜい二ヵ月程度にとどまったようである。

出版部の神田錦町移転を「現代文学」が報じたのは九月号であったが、二ヵ月後に相当する十一月号の『編輯後記』をみると、「本誌の編輯は、前月限りで専任の野口氏が勇退したので、取りあえず暫定的な処置として大井、平野、井上の三氏共同編輯でやって貰った。うまく運べば当分この体制でゆこうと思うが、編輯の事務方面は、今度大観堂出版部に入社した私が引き受けることになった。」と吉川一夫という人が書いているから、私が「現代文学」の編集責任者をひくと同時に、大観堂出版部を辞任したのもこの時点であったろう。

が、しかし、私と大観堂との縁故はそれきりで切断されたというわけでは決してなく、翌十七年の四月には短篇集も出版してもらっているし、同人という立場で「現代文学」との縁も最後までつながっていたので、ずいぶん原稿も書いている。殊に大井君には親切にしてもらった。彼は幡ケ谷の借家をみつけてくれたばかりか、魚肉ぎらいの私を魚好きにさせるといって浅草の河豚料理屋へ連れていってくれたり、太平洋戦争が勃発すると同時に、たちまち食糧不足になるから大急ぎで罐詰の買い溜めをしておくようにという使者までよこしてくれた。私のほうからも、大井君のところへはよく訪ねた。

高木卓、豊田三郎、南川潤の諸氏とは以前から交際があったから別として、大井君の家をのぞけば「現代文学」の同人中で私がただ一度訪問したことがあるのは平野さんのところだけである。それも、私一人ではなく二、三人連れであったように思う。

平野さんはそのころ、四谷見附から新宿のほうへむかって右手の町の奥まったところにあった坂の中途のアパートに住んでいた。そして、その部屋の壁面を広くおおっていた本棚には小説類が一冊もなく、文学論と文芸評論の類だけがぎっしり詰まっていたような記憶がある。私の思い違いかもしれないが、

「文芸評論家とは、こういうものか」

と思った一種の驚嘆の念は、今も消えない。が、それ以上にもっと強く記憶に灼きついているのは、平野さんが机の上においてあったアテナ・インキの二オンス壜を指さして、

「野口君は、このインキだったら何年ぐらいもちますか」

とたずねたことである。

「わからないけど、三ヵ月ぐらいじゃないですか」

私がこたえると、

「僕は、三年はもちますね」

平野さんは、そう言った。

私は「現代文学」のほかにも「作家精神」と青年芸術派というグループに属していたが、平野さんのホーム・グラウンドは「現代文学」だけであった。それなのに、「現代文学」のバッ

ク・ナンバーをしらべてみると、平野さんはきわめてわずかしか書いていない。それも、短かいものばかりである。それほど当時の平野さんは寡作であったわけだが、書くことをおさえて、読むことに集中していたところに、今日の平野さんがあったといえるのかもしれない。

荒正人、佐々木基一、山室静というような人びとをも私は「現代文学」の同人として識ったのだが、その人たちとも私は大井君の家で会ったのが最初なのであろうか。

宮内寒弥君の短篇集『からたちの花』が大観堂から出版されたのは十七年九月で、その時には高見順さんの『如何なる星の下に』にえがかれている浅草の染太郎というお好み焼屋で出版記念会が催されたが、同人会という名目の集まりは、私の記憶に関するかぎりおぼえがない。

すでにある特定な場所へ何名かの人間が集合する場合には前もって所轄の警察署へ届出をせねばならぬような時代になっていて、そういう手続きをおこたると無届集会のかどで検束されるおそれがあったためであろう。そのかわり、「現代文学」の同人は三々五々大井君の家に集まって、推理小説の犯人当て、ウスノロ、卓上野球というようなたわいのないバカ遊びをした。

犯人当てというのは、推理小説の単行本をテキストとして、結末の部分を縫い糸でとじてしまっておいた上で、各自が廻し読みをして犯人を当てるという趣向の遊びであったらしい。中学時代には毎号「新青年」を読んでいた私も、この時分にはすでに推理小説への興味をうしなっていて、その遊びには一度もくわわらなかったが、投球盤の球をすばやく取り合って一ばん後になった者が敗者になるというウスノロと、卓上野球のゲームには何度か参加した。

卓上野球というのは、文庫本の半分ほどの大きさの薄い木の函の背が蝶番でとめられていて、その蓋を開くと片面がグラウンドのダイヤモンドになっている玩具であった。ランナーが出塁すると、各塁の個所にあいている穴へ小さな木製の走者の足をさし込んで立てておけるような仕掛けになっていて、ゲームの進め方は守備側の者がストライクかボールの丸い木札を出すのに対して、攻撃側の者は打つか待球するか、どちらかの木札を相手に示す。ボールに対して四回待球すれば当然四球になるが、ストライクに対して打撃の意志を示した場合は二個のサイコロを振って、そのサイの目を別表に照合すると三塁打とかファウルという判定が出る。それを繰り返して試合を進行するという趣向のものであったが、これはなかなかよく仕組まれていて結構面白かった。

私たちは外部へ声がもれぬように雨戸をたてた室内で、時間の経過も忘れるほどそんなゲームに熱中していたのであったが、そんなものに熱中できたということ自体、いまから思えば我ながらいじらしい。裏を返せば、ほかに何ひとつ面白いことがなくなっていたからこそ、そんなもので暇つぶしをしていたことにもなるのだが、実際、その時分には映画をみてもスクリーンに現われる男は軍服か国民服を着て、女はモンペをはいているという始末で、なんとも味気なかった。

前出した坂口安吾氏の評伝の中で、大井君は「現代文学」の同人のメンバーをきめたとき、平野、杉山、大井三氏のあいだには「恋愛小説の擁護という秘密協定があった。」と書いているが、こういう表現も若い年代層には次第に理解しにくくなりつつあるのではなかろうか。事実、日本近代文学の研究も対象を昭和へむけるようになって、私などのところへも時折「現代文学」のバック・ナンバーを借用させてくれという申し入れがあるが、当時の写真があったら見せて欲しいと言うような人には、やはりあの時代がほんとうにはわかっていないのであろうと私などには考えられる。

恋愛小説や、都会の消費面を背景とする風俗小説を書くことは、国策の線に協力的でないという理由で、非国民的だとみなされた。それを「擁護」するという「協定」をむすぶことは、当然「秘密」にせねばならなかった。

事実、「現代文学」同人のうちの作家たちはほとんどが風俗小説の書き手であったし、評論家はいずれも左翼の系統に属する人びとであった。そして、太宰治、織田作之助、井上立士、岩上順一、小田切秀雄、本多秋五というような友好的な関係にあった寄稿家もその例外ではなかった。そんな人びとが集まって写真を撮影したら、それが証拠物件に悪用されて検挙の口実になる危険性があった。雑誌編集者に対する言論弾圧として名高い「横浜事件」も、「泊事件」と呼ばれる一枚の写真からデッチあげられた。戦時中の思想調査は、いわゆる極左分子だけが対象とされたのではない。戦争協力に積極的であるか否かが、ハカリの目盛りとされた。警察や憲兵の存在が日本文化を大きく左右していたのであった。

そういう時代相の中で、面とむかって反戦こそとなえなかったものの、「現代文学」では国策の線に協力しないというのが暗黙のうちに取りかわされていた「秘密協定」であったのだから、写真などとんでもない話であった。

＊

そうした事情は、私が「現代文学」同人に参加した時機と平行して発足した青年芸術派の場合もほぼ同様であった。ただ、こちらのグループには、私の知っているかぎり、ともに全員ではないが、二葉の写真が現存する。それは、そこに左翼系の作家が一人もくわわっていなかったからであって、両者にはその程度の微妙な相違があった。

青年芸術派は、「現代文学」同人のちょうど半数に相当する八名によって結成されていた。そして、大井君の家に「現代文学」の人びとが集まったように、井上立士のいた四谷区南伊賀町四五の南賀台というアパートの一室へ時どき集まったのも、個人の住宅ないし居室なら当局の眼もあまり届かなかったし、万一にも発覚したところで計画的な集会ではなく、偶然みんなが落ち合ったのだという言いのがれができる有利さがあったからにほかならない。そういう知恵は、誰の頭にもほとんど本能的にはたらくようになっていた。

昭和十七年の下半期に入ってからのことであったと思う。青山光二の記憶によると、その集まりのとき私が家内につくらせたシルコの鍋を風呂敷につつんで持参したことがあるそうで、いわれてみれば私にもそんな記憶がかすかによみがえって来るのだが、青山はあんなうまいシルコは後にも先にも食べたことがないという。が、どれほど潤沢に砂糖を使用したところで手製のシルコがそれほど美味なはずはないから、彼のその記憶は、すでに当時のわれわれが如何に甘味から遠ざかっていたかという現実を証明している。

「現代文学」の人びととは違って青年芸術派の仲間はすべてにものぐさであったから、集まっても遊びらしいことは何一つしなかったし、いわゆる街の子がそろっていたので、暇があると数寄屋橋交差点の角――現在のソニー・ビルの位置にあったカプリスという喫茶店でなんということもなくとぐろを巻いていた。田宮虎彦と青山光二はあまり姿をあらわさなかったが、十返肇、南川潤、井上立士、牧屋善三、船山馨の五人は常連で、そこへ私が時折くわわるといった状態であった。船山が十返の追悼文として昭和三十九年に書いた『カプリスの頃』という文章があるので、その全文を写させてもらう。

数寄屋橋の角の鮨屋の二階に、カプリスという喫茶店があり、そこが仲間の溜り場になっていた。昭和十五年頃のことである。

なんの取柄もない平凡な店で、どうしてそこへ集まるようになったのか記憶にないが、南川潤が経営者の親戚だという女の子に岡惚れしていたし、井上立士ももう一人の背のひょろ高い女の子に思召があった。それに、地の利を得ていた。牧屋善三が築地の出版社、私が銀座の地方新聞の支局、そうして十返のいた第一書房の売店はこの店の真向いであった。十返はその頃、第一書房でセルパン（もう横文字の題名はいけなくなって、新文化と改題していたかもしれない）という雑誌を編集していた。

ある日、十返がカプリスへ若い女の子を連れてきた。第一書房の売店へ入ったばかりだということであった。

「どうや、あの子。わいに惚れとるんやけどな」

と、女の子が席を立った隙に、彼は相好を崩したが、そのくせ、

「わいがどんなに真面目な男か、友達に訊いたらわかるというて連れてきたんや。うまいこと頼むぞ」

と云うところをみると、どちらが口説いているのかは知れていた。素人はやめておけ、後が怖いぞ、とみんな冗談半分でたしなめたが、それから暫くして、私の勤め先へ、昼前の早い時間に十返から電話がかかり、店をあけたばかりのカプリスで落合った。

「あいつ、結婚せえ云うて、うるそうてかなわん。処女を捧げた責任をとれいうて、わいをおどかすのや」

と、彼はいつになく悄気ていた。

「ほんとに、そういうことになったのか」

と私が訊くと、彼は途方にくれた顔で云った。

「けど、サック使うたから、お前はまだ立派な処女や、安心せい云うても信用せんのや。お友達みんなに訊いてみるなんて、もう無茶苦茶や」

ところが、一説によると、これはやはり我々の共通の友人であったK君という編集者の体験で、彼からそれを聴いた十返が面白がって、自分のことのようにして吹聴していたのだそうである。

あれから二十余年。数寄屋橋界隈もすっかり変って、カプリスも第一書房の売店もなくなったが、井上、南川、そして十返もK君もすべて鬼籍に入った。まさに、行く流れの如しである。

この挿話に私はまったくタッチしていないが、K君をふくめて、登場人物が残らず自身の身近かな友人ばかりであるだけに、私もまた往時茫々の念を禁じがたい。

船山はこの挿話を「昭和十五年頃のこと」だと書いているし、私たちが日動画廊の喫茶室へ集まって集団の名称を青年芸術派ときめたのも——つまり青年芸術派が正式に結成されたのも昭和十五年の秋であったことにはまちがいがない。そう断言できるのは、その年の十二月末に私の長男が生まれたとき「ニセイノオタンジョウオメデトウ　セイネンゲイジュツハ」という祝電を受け取ったことで忘れがたい印象を刻みつけられているからなのだ。が、その時分にはすでに新雑誌の創刊は禁じられていて、新作短篇集と副題されたA5判の単行本形式による作品集『青年芸術派』が牧屋善三のいた築地の明石書房からはじめて市場に送り出されたのは、十六年四月のことであった。そして、「セルパン」が「新文化」と改称したのも同年同月のはずで、十返が第一書房へ勤めたのは、年譜をみると十六年の夏からである。したがって、この挿話の背景はあきらかに昭和十六年なのだ。

その時分、私があまり銀座方面へ出なかったのは幡ケ谷などに居住していたからであったが、ある日カプリスへ立ち寄ってみると船山、井上、南川などがいて、彼等の口から時折「マテキ」という言葉が出た。聞いていると、それはどうも酒場のホステス――当時の言葉でいえば女給のニック・ネイムらしいので、すこし詳しくたずねてみると、彼等よりも私のほうが数年はやくから知っていた相手であった。

私がはじめて彼女を識ったPという店は西四丁目にあって、のちに海軍へ応召して戦死した私の学友の一人はその店の彼女の朋輩と結婚していたが、その結婚は、学友が私と一しょに伊東温泉へ行った時に買ったみやげをプレゼントしたことが動機になったのであった。

「しかし、そのマテキっていうのはなんだい」

私がたずねると、

「モーツァルトの歌劇があるでしょうが」

井上が応えた。陸軍航空中将の御曹子であった井上は、早稲田の高等学院へ入学する以前に幼年学校に在学したことがあったせいか、いつも上体の姿勢を正しくしていて、その姿勢のように言葉つきも丁寧であった。

「……魔笛、か」

「つまり、尺八ですよ」

彼女がそういう行為をしたのだと井上は言って、相手の男性の名を告げた。その男性は私たちと同世代ながら、私たちよりもはるかに高名な作家であった。

「へえ、スミエがねえ」

スミエとは恐らく澄枝とか寿美江というような文字を書いたのであろうが、彼女は信州の郷里から画家を志して上京したのだと言っていたから、あるいは墨絵からもじってそういう名をみずからえらんでいたのであったかもしれない。Pにいた時分には麻布の我善坊に住んでいたが、そういう地名を知らなかった私は、学友の一人が「ガゼンボウチョウ」と言ったのを聞いて、彼女が妊娠中なのかと思った。その時分には「俄然ナニナニする」という言葉が流行していたので、私は「俄然膨脹」と聞き誤まったのであった。

彼女には、気の毒な思いをさせたことがある。

私の学友の一人を彼女が好きになって、その友人のアパートの合鍵を彼女が取り上げてしまって返さないので、私にそれを取り返して来てくれと友人は言った。いやな役目であったが、友人の困り方には見ていられないものがあったので、私はその店へ一人で出掛けていって、友人から依頼された用件を告げた。女性の感情の起伏のはげしさを、その時ほどはっきり見せつけられたことはない。

「あんたは、なんだってそんな余計なことをするの」

そう言った彼女の表情からは、青い憎悪の炎が燃え立っているようであった。

「あいつは、俺の小学校時代からの友達だ。あんたも俺の識り合いだけれど、友達じゃない」

「ひどい言い方をするわ」

「そいじゃ、あんたの俺はなんだい」

「お客様だわ」

「飲まない俺は客じゃないだろう。だから、識り合いだと言ったんだ」

「あの人が、自分で来るべきよ」

「来られりゃ、俺を使いになんかよこさないだろう。俺だって子供の使いじゃないんだから、出せよ。貰って帰る」

彼女の表情がゆがんだのは、その瞬間であった。そして、帯のあいだから取り出した鍵を床へ投げつけると、テーブルにのせた両腕の上に顔を伏せながら、声をしのばせて泣いた。肩だけを動かして、いつまでも泣きやまなかった。私は床の上から黙って鍵をひろい上げると、自分のほうが泣きたい思いで彼女の腕の脇に十円札を置いてその店を出た。そんな彼女に「魔笛」と渾名されるような行為があったなどとは、とうてい信じられなかった。

おもえば、学窓から社会へ巣立ったばかりのころ——昭和十年前後の私たちの学校仲間の恋人といえば、その大半が女給という職業女性にかぎられていた。娼妓は古すぎたし、花柳界は遠すぎたというところから招来されたバア全盛時代の反映といえばいえたが、私が片恋いをしていたミドリという少女もまたその一人であった。そして、そのミドリの存在を、恐らくは六、七年ぶりで私に思い出させたのは小島久子さんであった。

小島久子さんは新劇俳優仁木独人氏の未亡人で、戦後は城戸四郎社長の秘書として松竹本社に勤務していたが、戦時中にはサロン春ではたらきながら牧屋善三の指導を受けて小説を書いていた。船山の教示によれば、彼女の著書は『愛情無限』という表題で明石書房から出版されたとのことだが、サロン春といえば当時の銀座では超一流の大カフェであった。われわれ風情の足ぶみできるような店ではなかったのに、私が南川に案内されて井上と三人でそこへ行ったことがあるのも、牧屋を通じて小島さんにコネを持っていたからにほかならない。そのサロン春で、私はミドリを回想させられたのであった。

ミドリは、はじめ『仮装人物』のヒロインのモデルとして高名な山田順子さんが土橋通りでひらいていたジュンという店にいたことがあるそうだが、私はそこへは行ったことがない。そして、私がはじめて識ったころには、旧電通ビルの裏通りにあったブロードウェイという小さな店ではたらいていたのだが、あるとき突然そこから姿を消したかと思うと、サロン春へ移ったという噂をきいた。サロン春では、どうジタバタしてみたところで、しょせん私には高嶺の花でしかなかった。

そのうちに、彼女の写真が新聞の社会面に大きく出た。その記事は、来日中のチャーリー・チャップリンがサロン春で識り合ったミドリをアメリカへ連れて帰ると言い出したことが話題とされて、彼女が去就にまよっているというような内容を報じたもので、写真は帝国ホテルの一室でチャップリンとならんで撮影されていた。私はその写真をみて、暗涙にむせんだ。

「相手がチャップリンじゃ、勝負にならねえよ」

友人の一人が言ったとき、私はその相手を撲ろうという気力すらうしなっている自身に気がついて、自分がどういう位置におかれているかを、かなしく確認した。ミドリがサロン春へ移ったことで私は大きく後退し、チャップリンの出現によって完全に可能性をたたれたのであった。そして、私は家にもどると机の前に坐って、紙巻煙草に万年筆でミドリとローマ字で書いてから火を点じて煙をふかしながら、その文字の部分が灰になっていくのをまばたきもせずに見ていた。私はまさに一匹の負け犬であった。

が、しかし、チャップリンはけっきょく彼女を日本へのこして帰国した。

それから二、三ヵ月後であったろうか。私には銀座の柳の葉の青々とした色とともに思い出されるのだが、新橋の辺から乗ったバスが銀座通りを走っていたとき、ふと見るとそのバスと平行しながら走っている電車の中にミドリが窓際へ立ってこちらを向いていた。私が手を振っても、彼女ははじめのあいだ気がつかなかったが、そのうちやっと気がついて笑顔になった。しかし、手は振ってくれなかった。そこに、私の片恋いの限度があった。バスと電車は遅れたり追いぬいたりしながら、日本橋の近くまでそういう状態を反復していたが、私たちはついに離ればなれになってしまった。

ミドリを私が見かけたのは、それが最後である。それきり彼女がどこで何をしているのか、私は消息を知らない。私にとっては、彼女も「戦争」の中に消えていった一人であった。

小島久子さんにも、青年芸術派の仲間にも私はミドリのことを告げはしなかったが、そうした状態とはまったく別の次元——対時代的な意味では、青年芸術派の仲間も私も、次第に負け犬の群れの中へ追い込まれつつあった。

十返肇は『文壇放浪記』の中で「青年芸術派というといかにもイカメシイが、実は、ようやく文学が統制的になり、国策文学めいたものが流行しだしてきたのにたいして、〝芸術〟をまもろうという主張で、集った」のがそのグループであったと書いているが、青年は戦場で戦うか、工場か農村で生産にはげむもので、芸術は国民の戦意を高揚させる手段だとしか考えられていなかった時代であった。そういう時代に、あえて青年芸術派などという名称をえらんだのは、われわれの精いっぱいの抵抗で、その抵抗ゆえに私たちの文学活動は手傷を負わされ通しであった。

「現代文学」とはちがって、定期的な発表機関をもたなかった青年芸術派は浮き草のような存在で、そのつど出版社をさがしもとめねばならなかった。井上立士の勤めていた神田の通文閣という出版社は、十六年五月に出版された拙作を先頭に「青年芸術派叢書」という八冊の書きおろし長篇シリーズをわれわれ八人のために最後まで刊行してくれたばかりか、同年十二月には『八つの作品』という全員持ち寄りの第二短篇集まで出版してくれた。

戦時中における言論表現の自由への拘束の例証としては、十六年九月におこなわれた徳田秋声先生の『縮図』と、十八年三月にくわえられた谷崎潤一郎氏の『細雪』に対する連載中止の勧告ばかりが挙げられるが、十六年七月に書きおろし長篇として河出書房から出版された丹羽文雄氏の『中年』の発売禁止もわすれてはなるまい。これらの作品は、平時ならばなんらの処分を受けるような内容のものでは決してなかった。青年芸術派の受難も、常に同種の事情によっていた。

仲間の作品はそれぞれに個性をもちながらも、時局に迎合しないという点では共通するものを持っていた。したがって誰の作品も安全圏にあるとはいえなかったが、検閲の網の目にかかることでは井上立士が代表的な存在で、最初に明石書房から出た第一短篇集『青年芸術派』では彼の「男女」が注意を受けたし、通文閣から出た第二短篇集『八つの作品』は彼の「もっと光を」と青山光二の「海辺の人」両作のために発禁を受けた。そして、『八つの作品』と同年同月に相当する十六年十二月に「青年芸術派叢書」の最終巻として出版された井上の最初の著書である『男性解放』もまた、どうか放埒の書と読み誤まらないで欲しいと「あとがき」に記した彼の切なる願いにもかかわらず、発売禁止となってしまった。

井上のかなしみは私たちのかなしみで、発足後ようやく一年にしか達していなかった青年芸術派の前途の暗さは、すでにもうこのあたりで私たちにはほぼ見当がついてしまっていた。

「これからは寝業でいくより仕様がねえな」

私は十返に逢ったとき言った。

「ワシントンが東条になる世の中やからな」

十返が応えた。ワシントンは銀座の靴屋で、東条と屋号を変えていた。

＊

昭和十六年が太平洋戦争に突入した年であることはいうまでもないが、その年の歳末には全国の同人雑誌が八誌に統合された。そして、私が昭和十一年から属していた「作家精神」は他の四誌と合併して、十七年二月に「新文学」として発足した。水上勉君を私が識って、彼との交友がはじまったのもこの時点であった。同人の数が一挙に七十名を越えることになったので、その時の会場にはたしか学士会館の日本間が使用されたが、私はその創刊号を見て驚いた。八誌はその中央統制機関ともいうべき日本青年文学者会の支配下にあって、表紙の八咫烏は日本青年文学者会のマークであったからやむを得ないとしても、目次のカットに真珠湾攻撃で顚覆したアメリカの戦艦が艦底を見せている写真が採用されているのは許しがたかった。すでに、私の書いた高木卓さんの『北方の星座』の書評は第二号に掲載の予定で組みあがっていて、撤回は不可能だとのことであったが、それでも私は、

「カットだけは来月から変えてください。変えていただけなければ、僕は同人を脱退します」

と、編集責任者の木暮亮さんに喰いさがった。私より若い人は別として、古くからの同人はそういう私の抗議に一人のこらず賛成してくれるものと考えて私はいきまいたのであったが、

誰ひとり同調してくれる人がいなかったことは、さらに私を驚かした。そういう時代だということは私にもわかっていたが、そういう時代だからこそ、そんなカットを文芸雑誌が使用すべきではないというのが私の考えであった。私はこの雑誌に第四号から連載を開始して、断続的に五回その作品を分載しているが、それは私の長篇が出はじめた第四号から問題のカットが引っ込められたからであった。

同志と信じていた人とすら喧嘩腰にならねばならない時代が来ていた。どこまでそんな時代にはむかっていけるか、自分でもわからなかったが、いよいよ前途は多難であることを私も覚悟せねばならなかった。

太平洋戦争開戦の日を幡ケ谷の家でむかえた私が、麴町区三番町八番地ノ二へ転居したのは翌十七年の春である。

げに　果さでおくべきか

おくべきか

戦争がはじまっても日常のペースを崩さなかった私は、夜ふけというより夜明けに近い時刻まで机にむかっていたので、床をはなれるのはどうしても午ごろになった。そういう私は大妻高女の女生徒の歌声で眼をさまされることがあったが、床の中で半睡半醒のうちに聞くその歌は、当時の軍歌のほとんどすべてがそうであったように、なんともかなしいメロディーであった。三番町の私の家は大妻高女の校舎とは道路を一つへだてた位置にある金網張りのテニス・

コートの裏手にあたる路地奥にあったので、通りがかりに彼女等の姿を見ることもあったが、「錬成、錬成たゆみなく」というような勇ましい歌詞にもかかわらず、テンポのゆるいその歌に合わせて輪をえがくようにコートの中を行進しているモンペ姿の女生徒の隊伍からは、戦死者をむかえる挽歌のような暗さを感じさせられた。

「これじゃ、とうてい戦争に勝味はない」

私はその歌を聞くたびに、不吉な予感を身にしみておぼえさせられた。そういうかなしみのようなものが、たしかにそのメロディーの底には流れていた。

その二階建ての二軒長屋には、交通の不便な幡ケ谷の家とは違ってかなり多くの来客があった。「新文学」の同人であった高木卓、福田恆存、水上勉、佐藤晃一というような人が訪ねて来てくれたことがあるのもその家であったし、のちに集会の危険と食物の不自由さを理由として、大正文学研究会の二冊目の編著である『志賀直哉研究』の編纂委員会のために粗食を用意して、吉田精一、平野謙、渋川驍、矢崎弾、青柳優《ゆたか》の諸先輩をむかえたのも、この家の二階の八畳間であった。

「小説家としては、あんたは本を持っているほうですね」

吉田さんは書架を見まわして、私を照れさせた。そのころの蔵書は戦後のタケノコ生活でほぼ売りつくしてしまったが、ある程度までタケノコ生活を可能にするほど当時の私が雑書を架蔵していたことも事実である。

青年芸術派の仲間では田宮虎彦と井上立士も来てくれたが、なんといっても一ばん頻繁に来訪したのは船山馨で、彼は訪ねて来ると、ほとんど一度の例外もなく私と夕食を共にして夜になるまで話し込んでいった。ということは、もうどこへ行ってもろくな食物はなくなっていたし、最も気を許して話ができるのは個人の私宅だということを意味していたのだが、第一書房とは徒歩三分ほどの距離にあったせいもあって、そこで「セルパン」の後身である「新文化」の編集をしていた十返肇もよく顔をみせてくれた。

船山が十返の追悼文中に「地方新聞の支局」と書いているのは「北海タイムス」の支局で、そこをやめた彼は映画雑誌を発行していた出版社の豊国社に籍をおいて「新創作」という雑誌の編集をしていたが、青年芸術派の第三短篇集である『私たちの作品』が豊国社から出版されたのも、そんな関係であった。その『私たちの作品』が校了になったころ、私は現在の船山夫人で、そのころ豊国社につとめていた佐々木翠女史の訪問を受けた。

「企画届も立派に通っているし、せっかく校了になっているのに、出版会が今になって発行を許可しないなんて言い出したもんで、船山さんがカンカンに怒っちゃっているんです」

それを、なんとかなだめて、発行を許可させるようにしてもらえないものだろうかと、女史は言いに来たのであった。

その時分にはすべて書物の出版は許可制になっていて、著作者は企画届という書類に書物の内容を書き入れて日本出版文化協会という機関に提出せねばならなかった。そして、その書類に原稿を添えて差し出すと、部数に対する用紙の割り当てがあって、不許可の場合は紙の配給が受けられぬという仕組みになっていた。それは、発行後になってから発禁の処分をするという用紙の濫費を避けることが目的だと称されていたが、実は不急とみられる書物の出版を制限するための最も合理的な事前検閲であると同時に、時局に迎合した内容の書物の出版を奨励するための手段でもあった。後者に対しては、この機関が「特配」と称して過分の用紙を配給したのである。佐々木女史が「出版会」といったのは、その日本出版文化協会のことで、当時協会は神田の冨山房の建物の二階あたりにあった。

「で、船山は今どこにいるの」

「野ぐっつぁんと相談して欲しいといって、神田の喫茶店で待ってもらっています」

支度をしてその喫茶店へ行ってみると、ふてくされたように一つの椅子へ腰をかけて他の椅子に長い脚をのせていた巨漢の船山は、私の顔を見るなり言った。

「誰のどの作品のどこがいけないのか、はっきり指摘してもらわなきゃ気が済まないよ。それで納得ができれば出版は撤回する」

「しかしねえ、こりゃ、あんたの本じゃないんだぜ。俺たちみんなの本なんだから、あんたが怒って不許可になったら責任問題だろう」

「しかし、頭をさげてご許可をねがうなんていうのはいやだよ」

「いやで済みや問題はない」

私はいつか十返に、「これからは寝業でいくより仕様がねえな」と言ったことを思い出していた。その寝業というのは、作品にかぎらず、表面だけ妥協をしているように見せかけて、途中からカクレミノをぬぐような表と裏とを使い分ける行為のすべてを意味していたのであったが、私はいよいよそこでその寝業の一つを使ってみるつもりで、いっしょに来るという船山を後へのこして一人で冨山房の建物の中へ入っていった。そして、できるかぎり卑屈にならぬように心がけながら、小さな出版社というものは、発行が不許可になって印刷所に組み代だけを支払うような事態になれば倒産してしまうのだと言った。また、われわれのような新人は、一作が世の中へ出るか出ないかで、存在を左右されるのだと言った。許可制といっても、この一冊が出るか出ないかは、あなた一人の考えできまるのではないかと、私はその担当者の眼を真正面から見ながら言った。そして、その結果、再版は許さないが、初版の三千部だけは出版をみとめるという回答を得た。

いま、その『私たちの作品』をひらいてみると田宮が「後記」を書いて、検印紙には私が押印している。そして、奥附には「昭和十七年六月二十日初版発行」となっている。

日比谷公会堂で日本文学報国会の発会式が催されたのは、同年同月十八日のことだが、私の手許に当時の案内状が偶然保存されていたので、それを筆写しておこう。

拝啓

時下新緑の候益〻御清栄の段大慶に存じます　さて今般情報局並に大政翼賛会の御斡旋に

より成立しました社団法人日本文学報国会は全日本文学者の総力を結集し日本文学の確立と皇道文化の宣揚を目的とするものでありまして貴殿の御入会と発会式に御参加を切に期待するものでございます　別紙本会概要相添え此段御案内申上げます

昭和十七年六月八日

社団法人　日本文学報国会

そして、別紙には当日の式次第が印刷されているが、いずれもその用紙はわれわれが藁半紙と呼んでいた粗末なもので、用紙の紙質からも、その時代の貧しさと乏しさがうかがわれる。

社団法人　日本文学報国会発会式

日時　昭和十七年六月十八日午後一時開始

場所　日比谷公会堂

次第

一、開会

一、国民儀礼

宮城遙拝

国歌奉唱

祈念（海行かば伴奏）

一、座長推挙

一、座長挨拶

一、祝　辞

大政翼賛会総裁　陸軍大将　東条英機　閣下

情報局総裁　谷正之　閣下

文部大臣　橋田邦彦　閣下

大本営陸軍報道部長　陸軍大佐　谷萩那華雄　殿

大本営海軍報道部長　海軍大佐　平出英夫　殿

一、宣　誓

各部会代表　八　氏

一、会務報告

一、文学者報道班員ニ対スル感謝決議

一、万歳奉唱

一、閉　会

以　上

これが、文学者の会合のプログラムであった。

東条英機という人物を私が見たのはこの時が最初であったが、よく光る黒い長靴をはいた軍服姿で満場の拍手にむかえられながら壇上に立った彼は、まず二階席にむかって、次には一階席にむかって会釈でこたえてから、拍手が鳴りやむのを俟って名調子の演説をはじめた。大した役者だな、というのが私の受け取ったその折の印象であった。

私の次男が生まれてすぐに夭折してしまったのもこの年のこの月のことだが、彼もまた戦争被害者の一人であったとだけ今は言っておきたい。

十返の好意で書かせてもらった私の随筆が「新文化」に掲載されたのはこの年の八月だが、その数日後に彼は私の家に現われるなり玄関先に立ったまま言った。

「いま参謀本部へ行って来たんやけどな、あんた、平櫛大佐ににらまれとるぞ」

「あの随筆がいけないのか」

「目次をひらいて、この男はアカン奴や言うとったんや」

書いたものがいけないのではなくて、国策の線に迎合しない私という存在がいけないのだと知って、私には応える言葉がなかった。

おなじ年の十一月三日には、帝劇で第一回の大東亜文学者大会がひらかれた。このとき万歳三唱の音頭を取った島崎藤村氏の印象については平野謙と巌谷大四の両氏が書きのこしているが、両氏とも藤村氏がカルサンをはいていたことには触れていない。そして、氏の口から出た「万歳」の発声は私の耳にはっきり「マンザイ」ときこえた。私は藤村氏が故意にその会合を嘲弄して「マンザイ」と言ったのかと、一瞬思ったほどであった。実際、それほどその会合は愚劣きわまるもので、愚劣さを通り越して、むしろ滑稽なほどであった。

「マンザイ」

「マンザイ」

私は藤村氏の音頭に唱和しながら、自分の眼がうるんで来るのを感じた。そんなものを、文学者の会合だとは考えたくなかった。それきり、私は文学報国会関係の集まりには一切参加しなくなった。ミソギにも、忠霊塔建設の土はこびにも、私は欠席しつづけた。

「現代文学」「青年芸術派」「新文学」「大正文学研究会」に属していた私は宇野浩二氏の「日曜会」にも入れていただいていたが、その会員の一人である田畑修一郎氏が旅先の盛岡で急逝されたのは十八年の七月二十三日で、吉祥寺のお宅でおこなわれた告別式の帰途、私は二、三人の知人と駅前通りの外食券食堂の前を通りかかって、ふと店内に眼をやったとき、そこのテーブルの上にあるものを見て寒む気のようなものをおぼえた。客たちは一人の例外もなくトマトだけを副食にして、食事をしていたのであった。日本もここまできたか、私はそう思った。

おなじ十八年の九月十七日には、粟粒結核で六本木の額田病院に入院していた井上立士があっけなく世を去った。彼の遺作となった書きおろし長篇『編隊飛行』はのちに航空朝日航空文学賞を受けたが、生前時流にさからって、つづけざまに譴責、発禁を受けていた彼が受賞も知らずに死んでいったことが、私にはあわれでならなかった。

そして、その前年の冬ごろから健康をそこなって九段の病院へかよっておられた徳田秋声先生も、井上立士の死から二ヵ月後の十一月十八日未明に長逝された。先生のお通夜の折、アルコール不足からフケ取り香水を飲んでしまった人がいて、ちょっとした話題になったことなども思い出される。

青山斎場でおこなわれた先生のご葬儀は盛大なものであったが、船山の「葬儀日記」という短篇小説には意外なことが記されている。いずれも頭文字でしか書かれていないが、幡ケ谷の火葬場でお骨揚げをした文学関係者は、近親の徳田一穂氏と寺崎浩氏をのぞけば、岡田三郎、川崎長太郎両氏のほか船山と私の四人だけであったとのことだ。

「新文学」に五回分載したほか、その一節を「現代文学」と「新創作」にも発表させてもらっていた八百枚の長篇を私がようやく書き上げたのは、十八年の秋ごろであった。日本出版文化協会はお茶の水に移っていたが、出版社もきまって、企画届と原稿を提出しておいた協会から連絡があったので出かけて行ってみると、私の応対をした人は私の年長の知人であった。そして、私はその人から、自分が読んだわけではないが、係の者の言葉によれば無駄が多すぎるとのことなので、もっと削れば出版が許可されるだろうと言われた。そして、その枚数を告げられたとき、私はしばらく相手の顔を見たまま口がきけなかった。

「八百枚の小説を半分にしろと仰言ると、四百枚けずるんですか」

「そうしてもらいたいと、係の者は言っているんです」

「わかりました。この小説はもう引っ込めましょう。いただいて帰ります」

私はその持ち重りのする原稿を受け取ると一たんその部屋を出かかって、もう一度その人のほうを振り返って言った。

「今日のことは一生わすれません」

私の言葉は相手に捨て台詞ときこえたかもしれないが、私はそう言ったことで、自分が負け犬であることをはっきり意識していた。

私が市ケ谷の教科書会社へ勤めたのは徳田先生の亡くなった直後からであったが、一つには徴用のがれが目的であったし、もう一つには自分の書くものを活字にすることにほとんど期待が持てなくなってしまったからでもあった。

しかし、そこでの仕事はかなしいものであった。私は修辞課という部署に配属された。国立大学の教授連とは名ばかりで、実は助教授ないし助手クラスの人が書いたらしい原稿を、当時の教科書に指定されていたとおりの書式に修正することが私の仕事であった。たとえば「行なう」「伴なう」は「な」から送り字をするとか、西暦は皇紀にあらためて、英米人の人名はすべて削除するというような作業である。しかも、教員免状を持っていない私には表立ってそういう仕事をする資格がなかったので、原稿は会社が委嘱している中等学校の国語科教員のところへ一たん持参して眼を通してもらう必要があった。すると、そういう連中は会社から報酬を受けている手前もあって、必要以上に手をくわえたり、不必要な改悪をするので、それをまた私は原文にもどす手間をかけねばならなかった。

「なんだ、これは。俺ひとりでやるほうが手間がかからないだけマシじゃないか」

朱筆の入った原稿を受け取って来て社で読み返すたびに、私はいくど舌打ちをしたかしれない。私が国文法に通じていたという意味では決してなく、その連中の行文力はダメな私よりさらにおとっていたということなのである。しかも、その五人の中の一人は、仕事の上でも、人間的にも特におとっていた。

底冷えのする冬のある日、その教員の勤務先であるT原の商業学校をたずねると授業中であったから、私は廊下で待っていた。そして、社へ戻って来ると、私は重役に呼びつけられた。

「君は、あの先生に会ったとき、オーバーを着たままだったそうじゃないか」

私が社へ戻るよりも先にその教員は電話をかけて来ていたのであったが、私がオーバーを着たままで授業の終るのを待っていたのは土足で歩く寒い廊下であったからなのだ。そして、相手から原稿を受け取った時にはオーバーを脱いでいたのであったから、オーバーを着て待っていたことが相手には気に入らなかったのであろう。

しかし、翌十九年の夏ちかくなって私が大協石油の本社へ移ったのは、そんなことが気に入らなくて前の社をやめたのではない。徴用のがれを目的の一つとして教科書会社へ入ったのに、三度も白紙が来たからであった。白紙という言葉は従軍の場合にももちいられたが、私の場合は軍需工場の工員徴用であった。石油会社なら、そういうものは来ないと聞いて私はそちらへ移ったのであった。

大協石油の本社は銀座の読売新聞社の裏隣りにあって、私は企画課におかれた。当時の課長は現在専務取締役になっておられる石崎重郎氏で、氏は私を大切にしてくださった。

「石油一滴、血の一滴」

階段をあがって行くと突き当りの壁に、そういう文字を白ヌキにした、敵艦に日本の戦闘機が襲いかかっている美しい油絵のポスターがかかっていたが、私にはこれという仕事もなく、月に一度ずつ有楽町の石油統制会へ企画届という書類を提出に行くことだけが、仕事といえば仕事のようなものであった。原油を輸送するタンカーが撃沈されてしまうので、石油会社には仕事がなかった。したがって、企画届も空文のようなものであったが、その書類を石油統制会へ届けに行ったとき、私はそこで働いておられた岩上順一夫人に逢って、岩上さんと荒正人氏が神楽坂署に留置されていることを教えられた。

大協石油の傍に甲鳥書林があった。文藝春秋社をやめた庄野誠一はそこへつとめて、ほそぼそと「三田文学」を発行していた。私は昼食時になると、彼を訪ねていった。庄野は私を喫茶店へさそった。その店にももうコーヒーはなくなっていて、私たちは赤い水を飲みながら話しをした。平時ならストロベリー・ソオダに類する飲料であったが、それは甘みも香りもない、ただの赤い水でしかなかった。私たちの話もはずまなかった。

そして、召集令状を受け取った私が東京駅前に集合して、横須賀海兵団の団門をくぐったのは十九年九月十四日のことであった。

真暗な朝

戦後もっとも早く発行された雑誌は、二十年十一月創刊の「新生」だといわれている。その創刊号を私が買いそびれたのも、第二号を日暮里駅ホームの売店などで入手したのも、私が海軍に応召中東京の留守宅を強制疎開の処分で取りこわされて、復員後埼玉県の越ケ谷に居住していたからであった。

当時の用紙払底と、一般の活字への渇きにはすさまじいばかりのものがあって、印刷さえすればどんなものでも売れるという時代がほんの一、二年つづいたが、二十年の年末から二十一、二年にかけて有力雑誌はほぼ出そろった。「中央公論」「改造」「新潮」「文藝」「文學界」が復刊して、「展望」「世界」「人間」「群像」などが創刊された中で群小の文芸雑誌が簇生《ぞくせい》した一方、三合（号）でつぶれるという意味合いからその呼称が生じた無数のカストリ雑誌が氾濫した。が、敗戦直後という一時期にかぎっていえば、その時代らしい文壇的役割をはたしたのは、「新生」「新日本文学」「近代文学」「りべらる」の四誌と、二十二年五月に創刊した「日本小説」であったろう。「新生」は老大家の復活を、「新日本文学」はプロレタリア文学の復権を、「近代文学」は戦後文学を、「りべらる」はエロティシズムの文学を推進して、「日本小説」は中間小説という新分野を切りひらいたのであった。

この五誌のうちで私が執筆の機会をあたえられたのは「新日本文学」と「日本小説」の二誌だけであったが、現われては消えていく雑誌があったということは、文学者としての私たちの運命をも暗示していたわけで、そういう動きの中に、私は自身の生き方を容易にみつけかねていた。あまりにも激しい時代の変化による虚脱のためもあったが、健康状態も原因の一つであった。

二十年の八月二十四日に復員したとき、私は徒歩で階段をのぼるのがいちじるしく困難な状態におかれていた。平地を歩いていてもふと息切れを感じて、その道がゆるい登り勾配になっていることを意識させられるようなありさまであったから、高架の上にホームのある国電の秋葉原駅などでは、階段の中途で幾度も立ち停って休息をせねばならぬほどであった。

昭和二十一年の晩春ごろであったろうか。私は早稲田大学の野球場——安部球場にそった坂道を、今は軌道を撤去されてしまった都電の早稲田終点のほうへ下り切ったあたりで、国文学者の吉田精一さんと偶然ゆき合った折に、不思議そうな面持ちでいわれた言葉をわすれない。吉田さんと私は、戦時中、大正文学研究会に属していた間柄であった。

「あんたは死んだと聞いていたのに……」

生きていたんですかと吉田さんがいぶかしんだのは、どこかで私の名が出て、あの男ももうあまり永いことはあるまいという噂が口から口へつたわっていたあいだに、いつかあの男は死んだという断定に変ってしまっていたからなのであろう。そんなふうに、当時の私の健康状態は誰からもみられていたのであった。

十九年の九月に海軍へ応召した私は、その年の末ごろには痩せるだけ痩せさらばえて、入院中の二十年二月なかばからは、顔といわず、足の裏にいたるまで全身むくみはじめた。坊主頭の髪の毛も、赤茶けてめっきり薄くなっていた。それは、兵隊の衣食が乞食以下に下落していたのに、往年の「無敵艦隊」時代の誇りだけをのこしていた海軍が、不馴化性全身衰弱症などと勝手に名づけていた栄養失調症の二期的症状にほかならなかった。そして、私は海兵団や海軍病院で自身と同病の兵隊が毎日のようにみじめに死んでいくのを見ていたし、復員後も上野駅の地下道などで数多くの同病者を眼にしていた。私はかろうじて生きのびて海軍から帰還したものの、その当時の私にはまだ死なないという保証はなかった。死のすぐ隣りではなかったかもしれないが、その非常に近い場所を私が彷徨していたことだけは間違いがなかった。

越ケ谷へは、豊田三郎さんがよく訪ねて来てくれた。そのころ豊田さんは浦和に住んでいたが、氏の姉上が私の住んでいた家の隣家にあたる陶器商にかたづいておられたので、そこを訪ねる度に立ち寄ってくれたのであった。私は義弟の家の離屋に二階住いをしていて、日によっては四つんばいにならなければ階段をのぼれないような状態のこともあったが、豊田さんは健康で、自転車に乗って浦和から買い出しに来ていた。

「君なんか、最後まで戦争を否定していたんだから、もう君の時代だよ。僕は戦犯だからね」

褐色のベルベットのジャンパアを着た豊田さんは、あぐらをかいてパイプの煙をふかしたが、その刻み煙草はキセル用のものであった。戦犯と豊田さんがいったのは、戦時中に陸軍報道班員としてビルマへ従軍した折の体験を書いた長篇『行軍』が、文学報国会の小説部会賞を受けていたからにほかならない。

「あの程度のことじゃ、戦犯になんかなりませんよ。戦争が終ったら、みんな先見の明があったようなことを言ったり、自分の書いたものには頬かぶりをしているどころか、一億総懺悔なんて言い出して、他人まで道連れに引っ張り込もうとしている奴さえいますけれどね、どいつもどいつだって言えるんじゃないんですか。僕だって最後には辻小説を書いたし、『現代文学』の巻頭言でもすれすれのことを書いていますよ。両方で合計二枚だけれど、あれはいけなかった」

ほんとうに無念残念という思いで私は応えた。二枚だから許されるというわけのものではなかった。

栄養失調症という疾病は、かなり悪化しても寝込んでしまうようなものではない。横須賀海兵団で私とおなじ分隊にいた少年兵の一人は夕方の体操を私たちと一しょにしていて、その翌朝は毛布の中で平べったい板のような屍体になっていた。横須賀海軍病院や湯河原分院で犬死にをしていった多くの同病兵の死にぎわにしろ、私の目撃したかぎりでは似たりよったりであった。死の一線はきわめてほそい一筋の糸で、彼等が死んで私が生きのこったことは運命のいたずらでしかなかったが、死んだ少年兵が前日まで体操をしていたように、戦後の私も体力こそ極度に低下していたものの外出をすることはできた。ただ、体温がきわめて低く、脈搏数もいちじるしく減少していたので、いつ冷たくなってしまうか、明日が約束されていなかっただけのことであった。

そして、私は東京へ出ると、二度に一度は徳田一穂さんを本郷のお宅へ訪ねた。

一穂さんは私の応召中しばしば海兵団へ手紙をくれていたし、東京の留守宅をも慰問してくれていて、復員後に家内や義妹から聞いたところによれば、空襲中にはいつも秋声先生が愛用しておられたスプウンを身につけているのだといって、それを洋服の胸のポケットから取り出して見せてくれたとのことである。また、戦局が次第に悪化すると、夫人の姉上がおられる鎌倉へ荷物疎開をしたいから、牛車の世話をしてくれと私の家内に依頼に来たこともあったそうだが、その姉上のお嬢さんは、最初の神風特攻隊の犠牲者である敷島隊の関行男大尉と結婚なさっていたと私は聞いている。

戦時中に秋声先生が永眠された本郷の徳田家が戦災をまぬがれたことは、住所録なども出版されていなくて、知人の消息が不明な時代に比較的ひろく知れわたっていたので、それだけ多くの訪問客が集まる結果になった。私も、そこでかなり多くの人に遭っている。広津和郎、谷口吉郎、武田麟太郎、北川桃雄、野田宇太郎、水上勉などの諸氏で、角川書店の角川源義《げんよし》さんの発意で秋声全集の出版が企画されたのは、まだ敗戦の年が終らぬうちのことであった。

「まず完全な作品リストを作ることが先決だから、君なんか手伝わなきゃいけないよ」

その企画に異常な熱意をしめしていた武田麟太郎さんに、ある日私は言われた。そして、私は助手を命じられたが、全巻の解説を書くのだと張り切っていたのにもかかわらず、武田さんは、その仕事がまだ緒にもつかぬうちの二十一年三月三十一日に、片瀬の仮寓で肝硬変のために急死してしまった。

君は秋声先生を最も敬仰して、先生の全集を君が独創の案精密の愛で編むことに、近ごろの君の力をつくそうとしていたのに、未だその首途に君の全集を編まねばならぬ運命が来た。私は秋声先生が生前御足に馴れた遺品の靴を穿《うが》って、今日君を墓場に送る。なんの象徴であろうか。

武田さんの霊前で読まれた川端康成氏の弔辞の一節だが、その数日前に徳田家で私とゆきあった折にも、武田さんは熱っぽく秋声全集に対する抱負を述べていた。そして、そのあいだにも、東京と甲府で二度も戦災を受けていたためにイガ栗頭で陸軍の兵士用の軍服を着ていた武田さんは、しきりと「俺は日本最後のファッショだ」という言葉を繰り返していた。

あの言葉は、恐らく「配給された自由」の中でぬくぬくと左翼へ偏向していく進歩的文化人に対する、武田さんの精いっぱいな反骨精神の表現であったろう。

昭和初年代に転向して、十年代に入ると「人民文庫」の主宰者という立場から散文精神を唱導した武田さんは、やはり乱世の雄となるべき人であった。『街あるき』という文章などに、その片鱗をわずかにみせながら、四十三歳という短命のうちに才華を散らしていったことは兎も角として、すべてが大きく価値転換をした敗戦直後までせっかく生きのびていたのだから、せめてもう一、二年は死なせずに、あの激動の時代に眼を光らせた文章を書き残してもらいたかった、最も惜しい作家の一人であったという痛恨を私は禁じがたい。

「ああいう所へ行ってみると、敗けた日本人のほうが優越感を味わえるんだから面白いよね」

おぼろな記憶をたどると、その夜の武田さんは数日前に徳田一穂さんと蒲田駅の附近へ行って、米兵から路上で洋モクやレーションを買った折の有様を、ちょうど同席していた水上勉君と私にシニカルな口調で語って、肩をゆすって笑った。まるくて長い顎が武田さんの容貌の特徴で、肩をゆするのが笑い方の特徴であったが、笑うと可愛らしい感じになった。

「パンパンの背中にはオキュパイド・ジャパンと書いてあるようなもんだけれど、そのパンパンを買う金ほしさに眼の色かえて物乞いをしているアメ公はみじめで痛快だよ」

そんなふうにも言った。

親分肌の武田さんはもう一、二年生きたとしても織田作之助、太宰治、田中英光、坂口安吾のような無頼派にはならなかったと思うが、あの乱世をもうすこし生きたらやはり別種の個性的な文学作品を遺産して、こんにちとはよほど異なる作家的評価を受けていたに相違ない。窮屈な時代だけを生きて、戦後の遺作がすくなかったところに、氏の奔放さが不発に終った原因があった。時代の歯車とかみ合わなかった、不幸な作家の一人であった。

話に興じていた武田さんは時計をみると、終電車に間に合わなくなるとにわかに言いだして、泊まっていけとしきりにすすめる一穂さんの言葉を振り切って立ち上った。そして、上野駅から北千住乗換えで越ケ谷へ帰る私と、おなじ東武電鉄の五反野へもどるという水上勉君と三人で挨拶もそこそこに徳田家を辞去すると、なかば駈け足のような歩調で夜道を急いだ。そして、私たちはお茶の水から東京駅へ出るという武田さんとは本郷三丁目の交差点の所でわかれた。

「俺は日本最後のファッショだぞ」

ふたたび言って、ひっそりした街頭に高く靴音を鳴らしながらお茶の水の方角へむかう闇の中へ消えて行く後ろ姿を見たのが、武田さんの今生の見おさめであった。それから数日後に列車を乗りすごして、どこやらの駅で徹夜をして、そこで原稿を書いてから鉄道便に託したらしい武田さんは仮寓で寝ついて不帰の客となった。

水上君と二人になった私は湯島切通し坂の上にさしかかったとき、ついに生理的苦痛にたえかねて言った。

「さっきから腹が張って仕方がないんで、オナラをさせてもらうよ」

そして、「どうぞ、どうぞ」という水上君の返事と同時に大きな放屁をした。その放屁は一発出ると、連続的に何発でも出た。そういう時にははげしい下痢をともないがちであった。それが、応召中にはじまった、私の病状の特徴であった。

「よう出ますなア」

水上君のやわらかい若狭弁が、その時には殊にやわらかく聞えて、戦時中おなじ同人雑誌に籍を置いて私の家へも何度か遊びに来てくれたことのある水上君のいたわりのある友情が私の中にあたたかくにじんできた。

戦前の私には、そんな生理現象はなかった。すべては、戦争による軍隊生活に起因した。私は人影ひとつない焼跡の塗りこめたように真黒な闇の中で冴え返った星空をあおぎながら、戦争と軍隊生活をその時にものろった。

かならずしも毎日というわけではなかったが、何かを食べると自家醱酵がはじまって顔が紅潮してくるばかりか、吐く息も熟柿くさくなった。それは恐らく、外見に関するかぎりほぼ酔漢と同様の状態であったが、そういう状態が襲ってくると私の腹は太鼓のように膨満して、ついにははち切れそうになった。家であぐらをかいている時には、ふくれた腹が完全に腿と密着した。そして、一夜に何十発かのガスが出てしまうと翌日は平常にちかい状態にもどったが、ガスが充満して来ると思考力がにぶって、知的労働は断念せねばならなかった。しかも、そういう状態は復員後五年あまりも持続した。明らかな戦争後遺症であった。五年あまり経過しても完全に平癒したわけでは決してなく、ただ膨満の間隔がよほど間遠になって、それまでにくらべれば何ほどか仕事に支障をきたすことがすくなくなったというだけのことでしかなかった。

越ケ谷は米どころなので、米には困らなかった。私は戦前からパンを常食していたのですこし辛かったが、米食で我慢をすれば衣類と交換で農家からいくらでも手に入った。麦を持っていくと麴も入手できたので、味噌は家内が自家製造をした。が、二十一年に入ってからは買出し部隊のために、交通事情が悪化する一方であった。私の身体で上京することは次第に苦しくなったが、それでも私はよく東京へ出た。

「文明」の編集部には、戦時中に青年芸術派という小グループを結成していた時の仲間であった田宮虎彦がいたので、そのころ進駐軍が無差別におこなっていた郵便物の検閲に対する不快さを避けるために自身で直接原稿をとどけに行くと、彼は中野駅のところまで送って来て、そのマーケットで牛肉を売っているから買って帰れと言った。

「肉を食わな、あかんよ」

結核で戦時中も気胸療法をしていた彼は、私と同年なのに年長者のような口調で言った。彼もまた、私の余命がいくばくもないと見ていたのであろう。

田宮は小説のほかにも、社会時評のようなものを書かせてくれたが、青年芸術派の仲間で「文明」に書かせてもらったのは私だけであったらしく、十返肇や、青山光二や、牧屋善三が私のことを何か言っているという噂が耳に入ったが、会えば古い仲間は仲間で、別にどうということもなかった。

事実、私は十返とは戦後いちばん早くから往来していた。彼は滝野川に住んでいて、敗戦の年の十月から芝口に近い路地を入ったところの薄暗い建物の中にあった白鷗社という出版社にいたが、翌年の夏からは西銀座の能加美出版社へ移って「小説」という雑誌の編集長になったとき、私にも作品を書かせてくれた。その雑誌は何冊出たのか、B5判で無地の色刷りの表紙に誌名が白ぬきされていたような記憶がかすかにあるが、私の原稿が掲載されぬうちに休刊か廃刊になったのにもかかわらず、稿料だけは支払ってくれた。

「どうせ内容は俺しか知らんのやから、よそへ使う時には題だけ変えてくれな。社長があとで文句を言うとうるさいから」

彼はそれでも匿しているつもりなのか、机の下でガサガサ大きな音をさせながら新聞紙に包んで、その原稿を返してくれた。私は「初雪」という表題であったその原稿を書き直して、文芸家協会から出ていた「文学会議」という季刊誌へ流用したとき、十返との約束をまもって「白鷺」と改題した。戦後最初に講談社から出た私の短篇集は、この表題が書名となった。「初雪」としておきたかったという気持は、今でもかすかにのこっている。

牧屋善三はニコライ堂のすぐ下の所にあった文化社というさびれた出版社に勤めて、詩人の長田恒雄さんと二人で「文化」という雑誌を編集していた。勤めを持っていなかった青山光二と私はここへも何度か書かせてもらった関係上、編集室でも一、二度顔を合わせている。長田さんは机の引き出しからドングリで作ったという市販の大形のマンジュウを取り出して、私たちに食べさせてくれた。

「ドモリになるんじゃねえかな」

私はそんなことを言いながら、すこし渋みのあるマンジュウをご馳走になった。

「あれに乗ってる姿は横から見ると、とんと水洗便所へ入ってる恰好だね」

素面《しらふ》のときの牧屋は無口を通り越して陰気であったから附き合いにくかったが、陽気な長田さんはそのころ街に流行していたスクウタアの話が出ると、そう言って私たちを笑わした。

長田さんを、私は彼が三省堂で「エコー」という雑誌の編集をしていたころから識っていて、その雑誌にも一、二度書かせてもらっている。田辺茂一さんに連れられて、今井達夫さんたちと一しょに由比ケ浜へ泳ぎに行ったこともある。そのとき誰が連れて来たのか、森永キャンデーストアのスイート・ガアルが一行の中に一人まじっていたが、白いピケ帽をななめにかぶった可愛らしい娘であった。私はこの少女のイメージから、徳田先生を中心とした雑誌「あらくれ」に「海の踊」という短篇を書いたが、すべては昭和初年代の遠い思い出で、意識を現在にもどすと生きにくい世だという実感があらためて迫った。

青山とは「若草」を出していた宝文館や、「新小説」を出していた春陽堂でも遭った。宝文館では、柴田錬三郎君にも遭った。私もそうであったが、彼等も原稿を売り歩いては稿料を取り立てるためにそういう社へ姿を現わしていた。そして、外へ出ると、

「今や何を書くかよりも、如何に原稿料を取り立てるかが至難の時代だな」

と笑いあった。

そのころ柴田君は夫人が入院中だったはずで、少年向きに海外の名作をアレンジしたようなものを書きまくっていたのだったとおぼえている。彼は淀橋の柏木に住んでいて、のちにほんの一時だけその家には山本健吉さんが入ったが、柴田君は私が東京へ居住するようになってからはよく遊びに来てくれて、もう乗りものがあるまいと思われる時刻まで話し込んでいった。復興のおくれていた大久保あたりの暗い焼跡を、彼はどのような思いで帰って行ったのであったろうか。二十六年下半期の作品『イエスの裔《すえ》』で彼が直木賞を受けた直後に、私は彼が新宿駅前から歌舞伎町へ通じる道路の左側にあった新宿道場というパチンコ屋から出て来たところで行き遭ったので、

「受賞して、忙しいんじゃないのか」

と、たずねると、

「門前雀羅ですわ」

と口をへの字にまげながら、薄笑いを浮かべた。

その時の、ニヒリスティックな表情もわすれがたい。芥川賞や直木賞の受賞者がジャーナリズムに追いまくられるようになったのは、三十年下半期における石原慎太郎さんの『太陽の季節』以後だといわれる。有馬頼義君や吉行淳之介君にきいても忙しくなったのはしばらく経ってからで、受賞直後は閑散なものであったとのことだ。

柴田君の『イエスの裔』は「三田文学」に掲載されたもので、おなじ年の上半期に芥川賞の

候補となった「デスマスク」も同誌に出たが、「三田文学」は二十一年の一月に丸岡明君の経営する神田の能楽書林から復刊されていた。私はそこへ自身の原稿をとどけに行ったあとで、丸岡君から誘われるままに編集の助手をしていた原民喜さんと三人で冨山房の真裏にあたる路地にあったランボオという店へお茶をのみに行った。酒類もあったかと思うが、店の経営者は戦前から戦後まで出版をつづけていて、さきごろ亡くなった昭森社主の森谷均さんだったはずである。

原さんはまったく無口な人で、いつも眼鏡の底からびっくりしたような眼を光らせながら何時間でも黙っていたが、そのすこしのちに私が文芸家協会ではたらいていたとき、丸岡君から電話がかかってきた。それは、原さんの「夏の花」が収録された協会編の「創作代表選集」が再版になったので、その印税を原さんが欲しがっているという用件であった。現在はどうなっているか知らないが、当時は版元の講談社から協会が一割一分か二分の印税を受け取って、一割は作家に按分するが、残りの一分か二分は編纂費にあてて、再版の印税は協会の基金に繰り入れさせてもらうことになっていた。したがって、再版の印税は原さんにお送りできないのだと私は丸岡君に話したが、そういう私の返答をすこし吃りぎみの丸岡君が「ええと、ええと」と言いながら、かたわらの原さんにつたえている様子が受話器を通して私にもよくわかった。原さんはそういう人であった。私より四歳年長の丸岡君は学校では一年しか上級ではなかったが、原さんは私より六歳年長で戦後になってからはじめて識った人であった。

広島で原爆を体験した原さんが二十六年三月十三日の夜、西荻窪と吉祥寺の中間で鉄道自殺をとげた原因は、朝鮮戦争の勃発という暗い新事態の発生にあるとつたえられているが、検屍のとき懐中には十円しかなかったという新聞記事は私の胸を刺した。

原さんの亡くなった夫人が佐々木基一氏の姉上であったことを私が知ったのは、佐々木さんの家でおこなわれた葬儀に参列した折のことであった。そして、その夫人に先立たれた無口な原さんは一人では社会生活に処していかれぬ人であったというふうに誰かから聞かされたとき、私の頭にふッと泛かんできたのは、私も何回か同行したことのある神田のランボオではたらいていた一少女の風貌で、あの少女には原さんはどんなふうに近づいたのかという疑問がよぎった。左右のどちらであったか七三に分けた髪を長く前方へ下げていたために、片方の眼は見えなかったが、氏の遺作となった『永遠のみどり』の主人公は彼女であったろうと、私はその作品に接したとき思った。武田泰淳氏の作品にも、彼女は登場して来たのではなかったろうか。火野葦平氏の『悲しきヨーロッパの女王』と石川達三氏の『花の浮草』のヒロイン真杉静枝氏のように、ある特定の女性は幾人かの作家に書かれる。書かれる女性には、そういう宿命があるのだろう。

そういえば、佐藤春夫氏の『日照雨《そばえ》』と丸岡君の『ひともと公孫樹』のヒロインも同一人物で、彼女の戦死した夫は私の同級生であった。

中野の梅若能楽学院で催された丸岡君の還暦祝賀宴に出席したとき、私は『ひともと公孫

樹』のヒロインの息子さんに紹介されたあとで、息子さんはどう思っているんだろうとたずねると、

「二度読んだけれど、ぜんぜん拘泥を感じなかったって言うんだから、いいんじゃないかな」

丸岡君がそう応えたので、私は言った。

「二度読んだっていうことが、こだわっている証拠じゃないのかな」

丸岡君はそれに対して何も言わなかった。

＊

田宮虎彦は「文明」に原稿を書かせてくれただけではなく、座談会にも私を出席させてくれようとした。出席者は伊藤整、井上友一郎、荒木巍《たかし》というような人びとであったと記憶するが、私は午後の二時か三時からおこなわれる予定であったその会合へ出席する目的で、電車が混雑することをおそれて朝のうちから家を出たが、駅で五時間も乗車できなかったために出席を断念して帰宅した。私が東京住いをしなくてはならないと決意するに至ったのには、息子の小学校入学の問題もあったが、そういう交通事情も原因の大きな一つであった。

「文明」で田宮の助手をしていた伊東正夫君は、戦前から箱根塔の沢の環翠楼と日比谷の山水楼ではたらいたり、相模書房にいて武田麟太郎さんとも親交があった人で、「文明」の廃刊後は強羅《ごうら》の環翠楼や丸の内に移った山水楼の支配人になったのち、強羅で小さな旅館を自営しは

じめたので、私にも泊まりに来いという葉書をくれたりしていた。

その伊東君のお嬢さんからの郵書が突然私のところへ配達されたのは、つい三、四年前のことである。郵書の差出人が伊東君のお嬢さんであることも開封してから判明したのだが、各方面へ同時に発送したらしいガリ版刷りの書簡の内容は、上京した父が恵比寿の親戚へ泊った翌朝、その家を出たきり消息が知れないので、心当りがあったら教えて欲しいというもので、私も一、二の知人に電話で問い合わせてみたが不明であった。

日本ペンクラブの委嘱で瀬沼茂樹氏が執筆を担当した「国際ペンの成立と発展」と私の書いた「日本ペンクラブ三十年史」が合著のような形で出版されたのは、奥附をみると昭和四十二年三月となっているが、実際に書物が出来上ったのは翌月の下旬で、その慰労という意味の小集会が落成直後の国際ビルに移ったばかりの山水楼で開かれたのは、四月二十八日の夕であったが、その時にもまだ見本が二冊出来上っていただけであった。出席者は川端康成、芹沢光治良、立野信之、田村泰次郎の四氏で、瀬沼さんと私が主賓というくすぐったいような集会であった。

「伊東正夫っていう人を、ご存知ですか」

私が山水楼ということから思い出して隣席の川端氏に質問すると、知らないというご返事だったので、伊東君のお嬢さんから受け取った書簡の話をすると、

「私も蒸発したいですねえ」

間髪をいれずといったタイミングで瞳をすえたままぽつんと言った川端先生の言葉というより、その言い方には妙な実感があった。

「先生じゃ駄目ですよ」

「駄目ですか、ヨーロッパか何処かへ行っても駄目ですか」

「駄目だと思いますね」

応えながら私が芹沢さんの顔をうかがうと、氏もまた言った。

「駄目だと思いますね、私も……」

するとまた、川端先生が鸚鵡返しのように言った。

「駄目ですかやっぱり」

変にいじめているような感じがいやになって、私はすぐ話題を変えてしまったが、気味の悪い数刻であった。

そこに同席していた田村泰次郎君も田宮や私とは同年で、彼が脳血栓の発作に見舞われたのはその会合から半年ほど後のことだが、復員直後の彼が私にくれたペン書きの葉書は書き消しの部分が毛筆に青インキを含ませて塗りつぶしてある奇妙なもので、自分はすこし生き過ぎてしまったようだという意味のことが書かれてあった。その田村君が日本の女には貸しがあるとか、肉体が人間であるとか言いながら『肉体の悪魔』『肉体の門』『春婦伝』などの作品をつづけざまに発表してめざましく売り出した有様は、まさに戦後の乱世を象徴していた。田村君が復員したのは二十一年の二月であったから、私がその葉書を受け取ったのは当然まだ越ケ谷にいたうちのことである。

戦前から私が居住していた東京の家屋は現在の新宿区――当時の淀橋区戸塚町にあった。その家屋が私の応召中に強制疎開の取りこわし処分を受けたのは二十年四月五日であったが、二十一年に入るとまもなくまた元の場所へ家屋を再建してもよいことになったという連絡が、地主から越ケ谷にいた私の所へあった。

疎開址だけに屋根瓦などが山積していて整地には大変な苦労をしたが、建築に取りかかったのは二十一年の年末で、二十二年の三月九日から私はふたたび東京住いにもどった。まだ下見板が張ってなかったために、引越した夜は切妻造りの三角形の空間から舞い込む粉雪が寝ていた私たちの顔に降りかかって来た。そして、キティ台風の夜は二百メートルくらいむこうまで一軒の人家もなかったので、ガラス戸には畳をあてがって家内と徹夜でおさえていたのに、そのうちの一枚を吹きやぶられてしまった。翌朝外へ出てみると、トントン葺きの屋根もきれいさっぱり吹き飛ばされてしまっていたので、その修繕費を田辺茂一氏に借りに行ったこともわすれられない。

が、しかし、東京へもどって来てみると、さすがに訪客はふえた。誰に話しても、現在ではちょっと信じてもらえぬほどの人数であった。まだ家のない人が多くて、小田嶽夫さんも早大正門前通りの蒲団屋の二階に独りで間借りしていたので、私は小田さんがみえると家内に有り合わせの食事をつくらせた。パン食の私は庭を小麦畠にして、落花生を間作しながら、養鶏もして栄養の補給に全力をあげていた。

豊田三郎さんはそのころ駒込にあった洋画家福沢一郎氏のアトリエに住んでいて、おなじ東京住いになったところからまた私たちの往来がはじまった。二十二年の初夏であったが、ある日も豊田さんは私を訪ねて来て、木暮亮さんの所へ行こうと誘った。

東大の独文出身で古くから明大教授であった木暮さんは、高木卓、桜田常久、高橋義孝、福田恆存、佐藤晃一の諸氏とともに豊田さんや私が戦前に拠っていた同人雑誌「作家精神」の中心的存在で、その時分には戦災に遭って京王電鉄沿線の明大予科構内に仮寓していた。

「今日は『新世代』の編集会議で、安藤さんと国領にあるジューキ・ミシンの工場へ行っているんですよ」

木暮夫人は言ったし、私も疲れ気味であったが、豊田さんはそこへ行ってみようと言った。夫人が安藤さんと言ったのは高木卓さんの本名で、氏の母堂は幸田露伴氏の実妹にあたるヴァイオリニストで芸術院会員の安藤幸子氏であった。そして、高木さんはジューキ・ミシンの山岡憲一社長がスポンサーになっている「新世代」という雑誌の編集顧問をしていて、木暮さんはさらにその相談役のような形になっていたらしい。

国領のミシン工場はドイツのクルップ工場と同様、戦時中には銃器工場になっていたとのことで、金網の外がこいなどに当時の名残りがわずかに感じられたが、門衛に来意を告げると私たちはすぐ編集会議がひらかれていた応接室へ通された。そして、一時間後には、経営不振の営業雑誌である「新世代」を廃刊して、有力な作家を糾合した半営業的な同人雑誌に切り換えようということになってしまった。

「舟橋聖一さんや阿部知二さんは、かならず参加してくれますよ」

押しかけて行った形でたちまち話を急転換させてしまった豊田さんは、追い討ちをかけるように社長に言った。

豊田さんは妙に気の弱いところと、不思議に押しの強いところを不調和に共棲させているようなところのある人であった。そのため、どちらか一方の面しか知らぬ人には失当な評価を受けていた。私はどちらの側に立つ人にしろ、豊田さんの歿後の現在も、極端と思われる場合には合槌が打てなくて困っている。私に言えることは、豊田さんが決してそんな極端な面を持った人ではなかったということだけである。

国領の工場で新雑誌の創刊がさッときまってしまった時には大丈夫かなと案じた私は、しかし、豊田さんの強いほうの面を信じることにした。

木暮、高木、豊田の三氏は、その夏軽井沢に集まって新雑誌のプランを練ったようである。そして、私のところへは誌名が「文芸時代」と決定したので、青山光二を同人に誘ってくれという一種の指令書がとどいた。私はそれを実行した以外に、何ひとつ企画の面には接触していない。

二十三年一月に、「文芸時代」は創刊されている。編集所は、日本橋交差点に近い山邑ビルに置かれた。資金は山岡社長のポケット・マネーであったようだが、誰を通じて誰が勧誘されたのか、結果は私が国領の工場で想像した以上のものになった。同人の総数は三十余名で、前記「作家精神」の主要メンバア以外の主な氏名を挙げると、阿部知二、青山光二、伊藤整、梅崎春生、江口榛一、坂口安吾、椎名麟三、芝木好子、太宰治、多田裕計《ゆうけい》、田辺茂一、武田泰淳、徳田一穂、檜崎勤、花田清輝、林芙美子、福田清人、舟橋聖一、船山馨、北条誠、八木義徳の諸氏であった。

当時としてはかなり強力な顔ぶれで、運営の如何によってはゆうに一勢力を形成し得る可能性をはらんでいたのに、それがそうならなかったのは、すすんで中心的存在になろうとする人を欠いたことと、人選がいささか新旧無差別に過ぎたからであったろう。集団というより、雑居という感じが強くて、太宰さんがその雑誌に「徒党について」という文章を書いた気持が私にもわかるような気がした。結果としては発表舞台が一つふえたというだけのことでしかなかったが、発表舞台を一つ持つか持たぬかということも、文学者にとって小さからぬ問題であることはいうまでもない。

友人たちが多数参加している同人雑誌に参加させて貰えなかった経験は、私には、もう一つの場合があった。

それは、舟橋聖一氏を中心とする「文芸時代」のときだ。(略)友人の豊田三郎、野口冨士男、船山馨などが入っているのに、私にはついに話がなかった。

十返肇の『文壇放浪記』の一節である。

が、そういう事態こそ戦後的現象であった。戦時中に「現代文学」の同人であった私も、戦後「現代文学」の後身といえるメンバーが結集して創刊された「近代文学」の同人には加えられていない。「近代文学」が途中で大改革をもくろんで多数の作家を吸収したとき、青年芸術派からは船山馨と青山光二が参加しているが、おなじ青年芸術派で「現代文学」の同人でもあった南川潤と私ははずされている。ドライとかウエットという表現が日常化されたのはもう少しあとであったかもしれないが、義理人情を旧道徳視したのが戦後で、復古調がなんとなくもどって来たのは二十五、六年の朝鮮戦争以後であろう。三十五年の安保闘争を一つの境界線として安前安後といわれるが、人心の変化という点では朝鮮戦争も一つの境界線である。敵兵という他人を傷つけた戦時から一転して、自身を傷つけることに必死になったところから敗戦直後の破滅型無頼派が生まれて、そういう一時期が数年のうちに通り過ぎていったところに無頼派消滅の原因もあったように、私などには思われる。

「文芸時代」は一応原稿料が出ていたが、末期には当時の金額で毎月七万円の赤字であったということを私は山岡社長から聞かされているので、けっきょく経済的破綻が廃刊の原因になったのであろうが、終刊は二十四年七月で、通巻十九冊の短命に終った。

この雑誌の同人では北条誠、芝木好子、椎名麟三、梅崎春生、八木義徳の諸君を私は新たに識って親交をもつにいたった。もっとも、鎌倉文庫にいた北条とはそれまでにも一、二度文通をしていたし、椎名君とは、戦時中に船山が中心的存在となっていた「新創作」の同人で小学校の教員をしていた相良谿介君が、職員の懇親会か何かで飲んだメチール・アルコールのために十八年六月二十九日に急死して、中野駅近傍の自宅で葬儀がおこなわれた時に逢っていた。そのとき椎名君は恐らく借着であったろうが、紋附の羽織袴という服装をしていて、それが「新創作」に書いた彼の最初の実存主義作品である「流れの上に」とどうしても結びつかなくて、私はとまどったことがある。

「外で飲みたくなるにしてもだよ、雨の日に傘をさして飲みに出るようになったんだから、もうおしまいだね」

そんなことを椎名君が言うようになったのは、「文芸時代」が廃刊になってから一、二年後であったろうか。彼は船山と親しくて、戦後も二人きりで「次元」という雑誌を出しているが、椎名梅崎と併称されるほど梅崎君とも急速に親しみを深めていた。

梅崎君も私とは戦時中に会っていると水上勉君は言うのだが、私には記憶がない。水上君と私とは昭和十六年の末に全国の同人雑誌が八誌に統合されて、私たちの「作家精神」と他の四誌が合併して十七年の二月に「新文学」として創刊されたとき以来の交友で、その雑誌の同人会場にはしばしば神田の学士会館の日本間が利用されたが、そこへ梅崎君も来ていたと水上君は言うのだ。それを私がおぼえていないのは、おぼえ切れないほど同人が多かったことを意味している。

「文芸時代」の同人にしても、私は太宰さんとはついに逢っていないし、最後まで言葉をかわす機会のなかった人もある。その同人会は、まだ木造二階建であったころの紀伊国屋書店の二階や、おなじく木造であった新宿のジューキ・ミシンの社屋や、国領の工場でもおこなわれたが、国領からの帰途であったと思う。当時の新宿には至る所にパンパンが網を張っていて、のちに火災ビン事件の起きた東口駅前の交番と聚楽という食堂ビルの中間あたりにも、十人余りの娘たちがいつもたむろしていた。梅崎君はその一群のすぐ傍というより、彼女等の身体とほとんど触れ合わんばかりの場所に出ていた大道易者のところへ椎名君と八木と私を連れて行くと、かわりがわりに手相をみさせた。易者ははじめわれわれの風貌からもの書きだと判断してもっともらしいことを言っていたが、四人が四人とも同業なので、二人目ぐらいからすこしあやしくなりはじめ、三人目ぐらいからはシドロモドロになって、四人目の梅崎君が掌を出した時には支離滅裂になった。

「梅崎君ていうのは、面白い人だな」

飲まない私と二人だけになると八木が言ったが、私にはすこしも面白くなかった。

「意地悪な遊び方は、俺はきらいなんだ」

私は憮然として言った。

梅崎君は決して悪い人ではなかったが、心のどこかに陰湿なアクの強さを持っていた。しめったアクの強さの中で、彼は人間のかなしみを懸命になって凝視しているような人であった。『桜島』も『幻化』も、私はそういう意味で、いかにも梅崎君らしい作品だと思っている。

八木とは、よく新宿の遊廓を散歩した。散歩であるから、私は女に誘いをかけられてもあがる気はない。が、銀座や日比谷公園を歩いているのではないから、私は呼びかけられれば立ち停って二言か三言は対話をした。そして、八木を見ると、彼は脇眼もふらずという感じで、前方に真直ぐ視線をすえたまま道路の中央をさっさと歩いていて、私はいつも彼より何十歩か後に残されてしまっていた。

「お前はさすがに都会っ子だな、俺にはとてもあんなことはできない」

追いつくと彼は言ったが、これでよく娼婦ものの『私のソーニヤ』や『運河の女』が書けたものだと私は彼の顔を見た。

娼婦が娼婦であるがゆえに、相手になってやらない彼を私が失礼だと思っているのに対して、彼は遊びもしない私が娼婦にかかずらっているのを、娼婦であるがゆえに失礼だと思っているようであった。が、口もきかず、顔も見ずに通りの真中を歩くだけなら、あんな街へ足を踏み入れることもおかしいのではないかというのが私の考えで、そういう私の考え方を、彼が厚顔だというふうにでも思っていたのだとすればイタチごっこをしていたようなものだが、そうした思念の相違というか、気質の違いがかえって八木と私とを緊密に結びつけたようであった。

彼はたしかに私にないものを身につけていたし、私もまた彼にないものを多少は持っていたために、言葉に出さなければ内面が通じ合わぬところがあった。言葉に出すということは自己を相手に告げることで、彼との交友によって、私はすこしずつ自身を知るようになった。彼もまた、そうではなかったろうか。すくなくとも私にとって、彼はそういう友人の最初の一人であった。十返肇にしろ、船山馨にしろ、私はそれまで一度も自身を語らねばならぬ必要を感じなかった。八木との場合は、断絶感から親愛感が生まれた。

青山光二とも、私はよく往来した。二千円くらいのわずかな金をおたがいに貸借したこともある。

彼は青年芸術派の発足当時滋賀県の中学で教職についていた関係から、戦時中にも交渉はあったが、親しくなったのは戦後になってからであった。牧屋善三のいたニコライ堂下の文化社で遭ったとき、彼が米に不自由していると言ったので、私が越ケ谷へ買い出しに呼んだのが親交の端緒であった。そのとき青山はリュックザックを風呂敷に包んで私のところへ来たが、リュックザックがあまりに小さいので私はあきれた。買い出しに来ても重たいものが担げないほど、当時の彼は体力がなかったのであろう。祖父が白人か、あるいは混血児であったらしいと書いている彼は今でも色白だが、敗戦直後の彼はもっと瘦せていて弱々しかった。私より半年おそく二十年の三月に海軍へ応召して衛生兵であった彼が、そんな貧弱な身体でヒロポンの注射を打つようになったのは、「文芸時代」のころからであった。

「玉砕精神を持たな、今の時代はあかんぜ」

三高時代から織田作之助と親しかった彼には、小田急沿線の狛江から東武線の越ケ谷まではるばる食糧の買い出しに来るほどドメスティックなところがあって、どう見ても破滅型ではなかったのに、新宿駅の地下道を歩いていたとき私に言った。

「玉砕はゴメンだな。俺は海軍で片足を棺桶へ入れていながらせっかく生きて帰って来たんだから、あんまり長生きをしたいとも思わないけれど、身体だけは大事にする。頼れるほどの才能がない俺には、ねばることしか途がないんだから」

そう応えた私も、しかし、その時分には錠剤のヒロポンを服用したり、小さなアンプルの注射をけちくさく打って、空き壜や使用後のアンプルは自宅の庭を掘って埋めていた。行為はおなじでも精神だけは違うつもりでいたのだから勝手なものだが、屁理屈でも持っていなければ生きる目標が見うしなわれがちな時代であったことも否めない。栄養をとらなくては健康が維持できぬ身体になっていた私は、書物も衣類も惜しみなく売り払って、地を這ってでもともかく生きつづけるつもりであった。破滅型の作家は、檀一雄と田中英光を除いて一人も軍隊生活をしていない。彼等と俺は違うのだと、私は思っていた。

和田芳恵さんは、そのころ日本橋の証券取引所のすぐ近くにあった大地書房で、秋声全集を企画したり「日本小説」を編集したりしていた。彼とは戦前から識っていたが、親交を持ったのはもうすこしのちのことで、大地書房からは「プロメテ」という雑誌も出ていた。そこに用事のあった私は編集部の人を訪ねて行ったとき、廊下で坂口安吾さんに遭った。

あの人をアンゴさんなどと呼ぶようになったのは戦後のことで、戦時中の「現代文学」の同人はみな姓で呼んでいた。大井広介君宛に蒲田の安方町から差出された坂口さんの書簡は相当の数量にのぼったはずで、あれが戦災で焼失したとすれば惜しい話だが、私はそのうちの幾通かの、そのまた一部分を大井君独特の巻き舌で音読されたのを聞いている。坂口さんが日常励行していたらしい水風呂入浴の話や、その時分その辺で繁殖をきわめていたらしいエビガニに関する話などは愉快なものであった。高名な『日本文化私観』なども、その種の書簡の一連といっても過言ではないほどである。私は「現代文学」同人の大臣見立てで逓信大臣にされているが、坂口さんとでは一通の長さが違う。坂口さんの書簡は大変分厚なもので、そういう長文の書簡を書いたということは、当時の氏がそれだけ暇を持てあましていたことを意味していた。

坂口さんと私は、戦後もともに「文芸時代」へ所属したので、たった一度だけにもしろ、同人会で顔を合わせている。会場は紀伊国屋書店の表二階であったが、坂口さんはテーブルをドンと叩いて、「文学は気合いだ」と言った。その程度のハッタリには、私は戦時中から慣れていたが、初対面の八木義徳などは度胆をぬかれてほんとうに文学は気合いだと思ったそうである。しかし、大地書房の廊下で私が会った時には、それとはまったく別人の印象で、ボタンの取れた黒いオーバー姿の坂口さんは白昼から泥酔していた。そして、両手をポケットに差入れたまま、ふらつく脚を踏んばりながら上体だけを前方へ乗り出す姿勢でじいッと私の顔を見すえながら、

「の、野口君だね。げ、元気、ですか」

ともつれる舌で言ったが、何やらいかにも羞かしげに見えたので、私は二つ三つ合点しただけですぐ別れてしまった。私もどういうものか、そういう坂口さんを見ることがひどく羞かしかった。その羞らいの原因は今でもよくわからないが、少年時代の友人に何十年ぶりかで会った時の感情に、どこか通じるものがあったかもしれない。ただ一つはっきりしていることは、私が照れたので坂口さんが羞かしがったのではなくて、坂口さんのほうが先に照れていたのだということである。

その直後に、坂口さんは九段の待合から福田恆存君と寄せ書きの葉書をくれた。いま君の話をしているというような文面であったが、福田君の性格としてはいやいやそんな場所へ連れて行かれたのであったろうし、せっかくそんな所へ行って私の話などをしている二人の男性の、歓楽にふと疲れた折に特有な隙き間風に似た味気なさがわかるようで、私は苦笑せずにいられなかった。

＊

水上勉君が編集にあたっていた「新文芸」の創刊は、彼の年譜によると二十一年四月である。発行所は虹書房といったが、神田駅のガード下に近い場所にあった奥田一厘社という奇妙な屋号の町工場然とした印刷屋が、その社であった。私はまだ越ケ谷にいたころだから、上京をした折にそこへ原稿をとどけに行って水上君と戦後二度目に逢った。彼が宇野浩二さんに近づいたのは、この雑誌へ原稿を依頼したのが動機であったというが、その雑誌も五号で廃刊になっている。

敗戦直後には短命な雑誌が多かったが、一つが廃刊になるとまた別の雑誌が創刊されるので、私たちの生活もなんとか成り立っていたのかもしれない。

昭和二十三年から翌年にかけての二年間は、それまでの私の生涯で最も多作をした年度であったのにもかかわらず、当時の原稿料と物価上昇のアンバランスのせいか、あるいは稿料の貸し倒れが多かったせいか、私の生活は苦しかった。豊田三郎さんが文芸家協会に就職の世話をしてくれたのは、そういう私の状態を見かねたからであったろう。

豊田さんの『仮面天使』という半書きおろし長篇が、その後水上君の移っていた文潮社から出版されたのは二十三年の五月である。この書物は、どこを歩いても眼につくほど多くの立看板が街々に出たせいかベスト・セラーになって、豊田さんは西大久保で戦災を受けた焼跡に家屋を新築した。そのこととどう関係があったのか、今はうまく記憶に結びつかないが、私が「文芸時代」創刊の直後に相当する二十三年の二月から嘱託という身分で隔日ぐらいに協会へ出勤しはじめた時分には、豊田さんは書記局長の職を辞して、その椅子には竹越和夫さんが坐っていた。

そのころの文芸家協会は、講談社の三階にあった。会員数は現在の半分以下であったし、事務の繁雑さもはるかに稀薄であったが、著作権や税の問題にしろ根本の基礎がかたまっていなかったので、それだけ大変なところもあった。税の面は主として理事長であった舟橋聖一氏があたって、著作権の問題は著作家組合の代表者で文芸家協会の理事もかねていた中島健蔵氏があたっていた。

当時の著作家組合は水道橋交差点の角にあった講道館の地階にあって、私は協会書記局の一員としてそこの薄暗い事務室で、川崎竹一氏の編著である『島崎藤村の手紙』に対して島崎家の遺族が著作権は自分らの側にあると主張した係争に立会ったことがある。提訴側からは島崎蓊助《おうすけ》氏が出席して、中島さんは両者のやり取りを、弁護士の戒能通孝《かいのうみちたか》氏から一つ一つ意見を聞きながら明快にさばいていった。

「待てよ。するてえと、こういうことになるんじゃねえのか」

私は頭脳の廻転の早い中島さんの処理を脇で聴いていて、戒能さんのように知識を蓄積することも大切だが、中島さんのように反射神経をみがくことも大切なのだと教えられたような気がした。どちらが欠けてもいけないのだという実験を、二人の秀才によって示されたように思った。

舟橋さんは小型ながら当時の日本人があまり持っていなかった自動車を最大限に活用して、そのころからあちらこちらに出来はじめた新しい遊興場を作品に採り入れるために精力的にとび廻ったり、文芸家協会のために奮迅の努力をしていた。大蔵大臣や国会議員と会ったり、国税庁やESSなどへも出掛けていたようだが、私は一度その車へ中島さんと一しょに乗せられて、米兵ばかりいる税務関係の役所へ同行したことがある。場所はよく覚えていないが、神田の美土代町《みとしろちょう》あたりではなかったろうか。一人や二人は二世の兵隊もいるだろうと自動車の中で話し合っていたこちらの予想ははずれて、先方へ着いてみると日本語のわかる相手は一人もいなかった。

「……仕様がねえ、いっちょ英語でやっつけるか」

仏文学者の中島さんは日本語が通じないとわかると、はッと思わせるような大きな声で言って、舟橋さんの話すかなり複雑な内容の税務交渉の通訳を英語でした。おもえば文筆業は紙とペンだけで成り立つと考えられていた時代で、必要経費を認めてもらうための地ならしはあのころになされていたのである。これからはもう文壇人といえども、「役者子ども」のような存在であることは許されなくなっていくなということを、私は次第に考えるようになった。

書記局を私が辞任したのは翌二十四年の二月末だが、在職中に今井邦子、千家元麿、太宰治の三氏が物故した。千家さんの場合は郷里で本葬をなさったのか密葬であったはずで、告別式には参上しても弔辞は読まなかったような気がするが、今井さんと太宰さんの葬儀では、私が文芸家協会の弔辞を読んだ。

太宰さんが亡くなったのは二十三年の六月十三日だが、玉川上水へ入水したために、折からの梅雨で水嵩が増していたこともあって、遺体が発見されたのは十九日であった。

ちょうどそのあいだに私は「暖流」という雑誌に約束のあった四十枚ほどの短篇を書き上げていたが、原稿を取りに来てくれたのは私が都新聞社にいたころの上席であった神田重隆氏で、神田さんは薄田《すすきだ》研二氏の前夫人の実弟であった。二十代のなかばにも達しない身で校閲部にまわされていた私は読み合わせ校正をすると至るところでつっかえて、神田さんから実に多くのことを教えられた。日比谷公園へ連れて行かれて、植物の実物教育までさずけられた恩師のような人である。

「太宰の死体は、まだ揚がらないんだろう。東京の水道の水は、今や太宰水だよね」

神田さんが笑ったとき、私はいやな顔をしたことを自分で感じた。私は太宰さんとは逢わずじまいであったが、そういうこととは別の問題であった。

太宰さんの葬儀は自宅でおこなわれたために探しあぐねて、私はさんざん迷い歩いた。そのため、定刻にすこし遅れて着くと、祭壇を飾りつけた玄関に坐っていた亀井勝一郎さんから、

「早く、早く」

とこわい顔でにらみつけられた。

家屋が小さいので、会葬者の焼香は玄関先でおこなわれるようになっていたが、私は泣くといけないと考えてできるだけ短かく書いていった弔辞を、休む間もなくその玄関先で息をはずませながら読んだ。そして、衆人の前で亀井さんににらみつけられた羞恥心とやり切れなさをまぎらすために、すぐ会葬者の人垣の中へ逃げ込んで下を向いていた。

私は東京生まれだが、中央線沿線の中野から先はなじみのない土地である。そのため、家を出る前に地図を見ていったのに遅刻をしたのであったが、弁解がゆるされる場合ではなかった。そして、私の遅刻だけが、そこにいる多くの人びとに知られているという自意識には、ほとんど耐えがたいものがあった。

「どうだい、もう用事は済んだのか」

近寄って来た船山馨にたずねられたので、あるいはまだ何か用事があったかもしれなかったが、うなずいた私は黙って彼と一しょに歩きはじめた。そして、先刻の亀井さんの顔をもういちど憶いうかべながら、自分のように二足の草鞋をはいている者はなるべく早い機会に書記局を辞さなくてはいけないのだと思った。さまざまな事情が辞任をすぐには実現させなかったが、私が辞意をかためたのはその日のことであった。

雨はやんでいたが、あの日も、午ごろまでは降っていたはずである。

「朝日新聞」に『グッド・バイ』を連載中であった太宰さんが入水したために、船山がそのピンチ・ヒッターとして『人間復活』を書くことになっていたので、彼には打ち合わせのために学芸部の末常卓郎氏が同行していた。その末常さんの案内で、私たちは太宰さんが行きつけにしていた千草という小料理屋へ立ち寄った。戦災に焼けのこったために古びている小さくて貧弱な店であったから、太宰さんがそこを愛好したのは主人がいい人であったせいだろうと私は勝手に想像した。太宰さんが仕事場にしていたという二階の部屋へも案内されたが、どこにかぎらず水商売の屋内は、昼間のぞくものではない。薄よごれて貧寒とした室内を立ったまま見せてもらっただけで、私たちは無言のうちにすぐ階段をおりて靴をはいた。

それから玉川上水のふちへ出て、太宰さんが山崎富栄女史と服毒をして水中へ滑りおりたという地点へも行ってみた。草は数日来の雨に濡れて、一個所だけ人間の身体の幅に左右へ薙ぎ倒されていたが、その痕跡は一週間も経過しているとは信じられないほど歴然としていた。私はすこし高所恐怖症の気味があるが、思い切って上体をのばしてのぞき込んで見ると、人喰川と呼ばれていた川の水がにごって渦を巻いているのが、ススキらしい長く生い茂った草の葉越しに見えて、自分も吸い込まれそうな思いにとらえられた。

そして、三鷹の駅へ着くと、陸橋の階段の中途で外村《とのむら》繁さんに遭った。外村さんは私たちの顔もわからぬほど酔っていて、すれ違うとき異臭が鼻を衝いた。見るとズボンの裾が大きく濡れていて、鮮黄色のものが斑点となって靴をよごしていた。外村さんは歩行中に下痢をしてしまうほど、ひどく悪酔していたのであった。私は外村さんがどれほど太宰さんに厚い友情を寄せていたか、太宰さんの死がどれほど氏を悲しませていたかを、そこに見たように思った。死んでいった人の気持が、あの時代ほど生き残った者によくわかった時代もなかったのではあるまいか。

戦時が生死の選択権を国家にうばわれていた時代ならば、敗戦直後は個人がみずからの判断によって生死の択一にせまられた時代である。病死にしろ、織田作之助、林芙美子、坂口安吾諸氏の死因には、なかばあまり自身がまねいたとみなされるふしがあった。

船山とは、あの日どこで別れたのか覚えていない。外村さんと行き遭った時には一しょだったはずであるから国電にも同乗したと思うのだが、彼は末常さんと打ち合わせがあって社へ同行するか、二人で自宅へ戻るかしたのであろう。あるいは、私が二人に別れて文芸家協会へ廻ったのであったかもしれない。

文芸家協会が、あることである一群の人びとにお世話になって、何かお礼を差上げたいということになったとき、どういうものをご希望かとおたずねしたところ、志賀直哉氏の署名入りのご著書をいただきたいという申し出があった。そのため、五冊か六冊の『蝕まれた友情』を購入して、私がご署名をもとめるために志賀さんをお訪ねしたのは、太宰さんが亡くなった年の晩夏であった。

志賀さんはそのころ、熱海市大洞台の野口別荘というお宅に仮寓しておられた。

大洞台は熱海市といっても、湯河原と熱海のほぼ中間点の海沿いにあった。『蝕まれた友情』は大型の書物であったが、大きな活字で組まれた薄い書物で、五、六冊といっても重量は知れたものであった。それを持って、私は湯河原駅前から木炭バスに乗った。車内はすいていて、美しい一人の若い女性の乗客に私はなんということもなく注意をひかれた。その時分には、もう女性のスカートも珍らしくなくなっていたが、その人がまったく戦争の痕を感じさせなかったことが、私の注意をひいたのであったかもしれない。ところが、大洞台へ着くとその女性も下車した。一軒の人家も見えない所なので、私は野口別荘がどこにあるのかたずねるには、その女性以外になかったので口をひらこうとしたとたん、

「失礼ですが、志賀をお訪ねでございましょうか」
と、その人のほうから声をかけられた。その方が志賀さんのお嬢さんであることはわかったが、貴美子さんというお名前は後日になってから全集の口絵写真で知った。私は文芸家協会の使いで来た者だと名乗って、貴美子さんの後から草のあいだに踏みかためられた細い坂道をのぼっていった。野口別荘はバスの進行方向にむかって右手の山の中腹にあって、左手の眼下に海のみおろせる眺望は明るくゆたかであったが、夜は恐らく非常に淋しいところであろうと思われた。

屋内に招じ入れられると、二人の先客があった。滝井孝作氏と令嬢であった。旧制中学の三、四年生くらいにみえた令嬢は私たちが話しているあいだ、一人で風景を写生していた。

「僕は字が下手なんでね、こういうことは一ばん苦手なんだ。それに、この小説は自分であまり好かないんだ」

用件は手紙でお伝えしてあったので、私が持参した書物をお渡しすると、志賀さんは気軽く言って書斎へ入って行った。そして、まもなく署名を終ってもどって来られると、

「もう赤トンボが飛んでいるね」

滝井さんにとも私にともつかずに言って、前方の空間を見た。

立地条件の関係から海は渚が見えないためか、水平線が意外なほど高い所にある感じであった。私は自身の眼を疑った。その海の上にひろがっている澄み切った夏空を背景に飛んでいるのは赤トンボではなくて、私たちが通常ムギワラと呼んでいる黄色いトンボであったからである。私の貧しい知識では、それはシオカラの雌のはずであった。

少年時代から志賀文学のリアリティを盲信していた私はすこし落胆したとたんに、太宰さんの『如是我聞』の一節を思い出した。それは、志賀さんの作品に「兎をお殺せになりますか」という会話があるのを指摘して、あの言葉づかいはなんだと太宰さんがからんだ文章である。志賀さんが座談会でそれに反駁すると、太宰さんはさらにカサにかかった文章を書いた。そういえば、そのすこし以前に病死した織田作之助氏も志賀さんにはからんだ。無頼派は既成文学を打倒しようとして、権威の壁に体当りした。その権威の代表と目されたのが志賀さんであった。後日、赤トンボの件を青山光二に話したところ、彼も「文学会議」の志賀直哉論に私の言葉をかなり強調して書いた。今から考えると、敗戦直後のあの時代は、誰もが殺気立っていた。

「僕ら湯河原の美術商へ行くんだけれど、君もどう」

志賀さんは滝井さんと連れ立って、志賀家を辞去する私と一しょにバスの停留場まで来ると私を誘ってくださった。現在の私なら当然同行していたと思うが、私はそれから古奈の宿で「朝日新聞」に『人間復活』を書いていた船山の陣中見舞に廻ろうと考えていたので、熱海のほうへ出るつもりだからと辞退すると、志賀さんはステッキを振り廻しながら滝井さんと二人で湯河原のほうへ歩きはじめた。湯河原まではかなりな距離であったし、志賀さんはそのとき満六十五歳に達していたのに、滝井さんとならんで青年のように元気な足取りで見る間に小さくなって行った。バスを待ちながら、その後ろ姿を見送っていた私は、ふとご生前の徳田秋声先生とひきくらべて、あの元気さが、つまり「白樺」というものなんだなというようなことを考えていた。

私が熱海から乗った列車を三島で修善寺行の電車に乗り換えて、長岡からさらにバスで古奈の東屋旅館へ着いたのは夕刻であった。船山の机の上にはコップのような蓋つきのガラス器がおいてあって、そのガラス器の中には注射器が立てかけてあった。彼も、そのころからヒロポンの常用者になっていた。

「徹夜もともにっていう人やからな」

青山は船山夫人をそう評していたが、夫人はその時にも船山と旅館へ同行して来ていて、私たちは夕食が済むと町の畳敷きの映画館で大古の日本映画をみた。そして、私は翌日韮山の親戚へ立ち寄って帰京した。

『人間復活』は船山の名をひろめたが、作品は好評とはいえなかった。そのため、船山のヒロポンの量は一そう増して、彼は次第に幻覚幻聴に見舞われるようになった。太宰さんにはモルヒネ中毒になった一時期があるようだが、オリンピックのボート選手であった田中英光、中学時代に陸上競技をしたという坂口安吾、剣道の選手であった船山馨と、身体が大きくて本質的に健康な人はみな体力にまかせて無茶をするせいか、薬物反応がはげしい点でも共通している。

「夜中になると、壁がキラキラって、ところどころ光るんだ」

古奈へ陣中見舞に行ってから、どれくらい後のことであったろうか。私が東京の家を訪ねると、船山はおそろしそうに言った。

「戦後の材料ですから、変なものが壁土の中に入れてあるんですね」

夫人も脇から真顔で言葉を添えた。「徹夜もともに」どころか、「注射もともに」という夫妻の日常を私はそこに見て、これではどうしようもないという思いに暗然とした。明らかに、強迫神経症の徴候であった。

敗戦直後には東中野からすこし中野寄りの線路に近い借家にいた船山は、もう現在の場所――中井に家を建てて住んでいた。中井は高田馬場から西武線に乗ると二つ目の駅で、私の家とは近かったので、私はしばしば彼を訪問した。

「毎晩、泥棒が家のまわりを歩いているんで眠れないんだ」

ある日も、船山は近所の家に入った泥棒がジュータンを出刃庖丁で十文字に切って帰ったという話をしたあとで言った。適当に相槌を打っていた私は辞去しようとして玄関へ立ったとき、廊下の一隅にリンゴ箱よりやや大ぶりの、やたらとスイッチの沢山ついた機械が置いてあるのに気がついて、夫人にこれはなんですかとたずねると、椎名麟三君の所から借りて来た電波探知機だとのことであった。

「なんだか知らないけれど、もしそんなもので捕捉しているとすれば、一里四方の足音だって聞えるじゃないの。明日にでも椎名君に返しちまって、壁も塗り替えなさいよ」

私はそれがレーダアだということすら信じなかったが、そんな船山夫妻の馬鹿気た妄想意識に接しても怒る気をうしなっていた。そして、彼等が一日も早く正常の状態にもどることだけを、ひたすら願った。

そのあいだには、二年内外の時がはさまっていたと思う。

強い雨の降っていた夜であったが、十一時ごろ玄関の格子戸にドスーンと大きなものがぶつかる音が聞えたので、家内が立って行った。まだ小学生であった息子が病気で寝ていたので私は枕許に坐っていると、家内が泣きそうな顔をしながら、酒気を帯びた船山の巨体をかかえるようにして入って来た。昭和二十六年ごろの夏であった。

「へへ、二世にこんなザマを見られちゃ恥かしいな。はい、これ、おみやげ」

ビニールの紐で編んだ籠に入れて肩に背負っていた大きな西瓜を私の息子の眼の前へ置くと、家内が渡したタオルで身体を拭きながらあぐらをかいたワイシャツ姿の船山は、ふーッと大きく溜息を吐いてから、

「あんたと、椎名君にだけはお別れを言っておきたくてね」

あとのことを頼みに来たのだと言った。

「あとのこと……?」

言いかけた私は冗談もいいかげんにしろと思う半面、彼の言葉の真実性にも一概に否定し切れぬものを感じていた。その時の船山には、そういうものがあった。

日本だけが戦争を放棄しても、この地上から戦争がなくなるわけではない。朝鮮戦争がその一つで、原民喜さんはそのために鉄路を鮮血で染めた。朝鮮戦争は、私たちにまた新しい不安と動揺を植えつけていた。それは明らかに新事態の発生で、沖縄、安保、ベトナム――現在の日本がかかえている問題はすべて朝鮮戦争につながっている。

私はつとめてユウモラスに船山の気をまぎらせるような話をしてから、手を高くさしのばして長身の彼に傘をさしかけてやりながら高田馬場まで送って行ったが、半ズボンにTシャツという姿で雨に濡れたためか、帰り途では歯の根が合わぬほどガタガタ全身がふるえはじめた。そして、涙のために視界をさえぎられたが、私はそれを拭おうともせずに家路を急いだ。

スランプが、船山を絶望に落していた。妻子をかかえて似たような状態にあった私にも、その夜はこたえた。酒の飲めない私は、夜がふけるまで机の前に坐って煙草ばかりふかしていたが、頭はからっぽであった。空洞のような頭の中には、かわいた空っ風が吹いているだけであった。

二十三年、四年の二年間に自身の全精力を出しつくしてしまった私も、スランプに見舞われていた。そして、徳田秋声先生の伝記の基礎的調査に取り組みはじめてはいたものの、それもまだ年譜の修正というきわめて初歩的な段階にしかすぎなかったので、いつ完成するか先行きの見通しはまったく立っていなかった。何年かをそのためについやす覚悟だけは出来ていても、結果が悪ければ、空白期間が長期にわたるだけ一そう私の文学的生命は取り返しのつかぬものになる。失敗に終れば命取りになるし、成功の確率はきわめて低い。自分は誤まった進路に分け入ってしまったのではないだろうか。そういう不安に、私もしめつけられていた。

歴史の上では、昭和二十年八月十五日正午に日本の朝明けがはじまっている。歴史の時計の針も確実に朝の時刻をさしていたが、見わたすかぎり周囲は真暗であった。

太宰さんが亡くなったとき私はまだ三十代であったが、船山の訪問を受けたとき、私は四十歳をむかえて中年にさしかかっていた。

彼と

国電高田馬場駅からすこし早稲田寄りの電車通りにめんして小学校がある。私の一人息子の出身校である。その息子も来春は大学を卒業する。私も、もう若いとはいえぬ年齢に達しているのだ。

昭和三十八年八月二十九日、私はその小学校の筋向いにある喫茶店でコーヒーをのんでいた。あまりルックスの高くない照明が、ようやく仄暗くなりはじめた店内を一そう薄暗く感じさせるような錯覚におとしいれていたが、大きな窓ガラスを越して見える都電は電燈をつけずに走っていた。まだ夜ではないが、もう昼間でもない。そんな、あいまいな時刻であった。地下鉄工事のために厚板が一面に敷き詰められている道路は、しのび寄る黄昏の薄あかりの中で、雨ともいえないような小雨に濡れながら、にぶい光沢を放っていた。

ドアが開いて、また一人の客が入って来た。しかし、勿論、それは彼ではなかった。

「いくら待っていても、もう彼奴は永久にやって来はしない」

そういう実感が、ふいに感傷となって私をおそって来たのは、その時のことであった。視界がうるんで、私は自身の唇がわずかにわなないているのを感じた。

彼の家と、私の家とのちょうど中間点に、その喫茶店はあった。

彼と私とは、幾度か打ち合わせて、その店で落ち合った。彼がある女性との問題で相談があるといったとき、二人で待ち合わせたのもその店であったし、私が彼以外の誰にも告げずにそっと入院したとき、彼に保証人になってもらうために、印判を持って来てもらったのもその店であった。彼は有名なお饒舌りであった。放送局というのが、彼のニック・ネームであった。彼には、それを誇っているようなところさえあった。しかし、誰にも告げてくれるなと言っておいた私の入院は、三十日目に私が退院するまで誰ひとり知る者もなく終った。秘密は、完全にたもたれた。彼には、そんな一面もあった。

息子さんの大学受験の問題で、私の家を訪ねて来た彼を送って出て、閉店になるまで語り合ったことがあるのもその店であったし、前日、外出先で野球の切符があるといわれて、翌日彼からそれを受け取ったのもその店である。私より一と足おくれてその店へ急ぎ足で入って来た彼は、立ったまま署名入りの自著を和服のふところから取り出すと、

「おッ」

と言って渡してよこしてから腰をおろした。約束の切符は、その著書のあいだにはさんであった。

巨人びいきの彼は、後楽園に年間通用のボックス・シートの椅子を一つ持っていたが、パシフィックの試合には興味がなかった。そのため、オリオンズ・ファンの私の顔をみると、切符をよこそうとした。

「パなんか、誰もみたがる奴がおらんのや」

切符をよこすとき、彼はいつもかならずそんな憎まれ口を忘れずにたたいた。

彼には、言わでものことを言いたがる癖があった。誰も欲しがり手がないので、お前にこれをくれてやるのだという表現は、すこしでもこちらの精神的負担を軽くさせようとする彼流の心づかいであったが、人をきずつけるような言い廻わしをするのが彼の趣味であった。そのために、彼は多くの誤解をまねいた。私は、彼が私のいない場所で私の悪口を言っているのを知っていた。しかし、相手がそれに対じて相槌を打つと、彼が怒ることをも知っていた。

「お前はなんでも知っているから、つまらん奴や」

銀座の酒場で酔って彼が言ったとき、私は本心からそれを自身の欠点だと思った。改めようのない欠点にしろ、欠点は欠点だと思わねばならなかった。そして、一生それを曳きずって歩いていかねばならぬ自身にやり切れぬものをおぼえた。

酔ってはいたが、めんとむかって彼が私にそんなことを言ったのは、しかし、後にも先にも、それがただ一度である。蔭口はきけても、彼は真正面からはものの言えぬ人間であった。彼と匿名批評との因果関係は、そういう面にもあらわれていた。蔭口なら、なんと言われても私は平気であった。また、平気でいなければ、彼は附き合えるような相手ではなかった。

舌腫瘍のために、彼が四谷の大学病院へ入院したのは四月末である。五月なかばに見舞いにいくと、彼はベッドの上で大きなマスクを顎の下にずり降しながら、いたずら小僧のような手つきで煙草をふかしていたが、コバルトで舌の機能をうしなって、言語にいちじるしい支障をきたしていた。私はやむなく他の見舞客と会話をかわしていたが、やがて彼は私にむかって何か手真似で話しはじめた。私が理解し得ずにいると、彼はヒョイと高いベッドから跳びおりて、例のボックス・シートの切符の束を手渡しておいてから、またベッドによじのぼった。リンゲルだけでもたせているというのに、とうてい絶食中の患者とは考えられない身軽さが、その動作にはあった。

「強い奴だ」

私が言うと、彼は一とまわりほど小さくなった顔でニタッと笑った。しかし、その笑顔にも再起の保証はなかった。それから青山の病院へ移って二度目の大手術を受けて三ヵ月以上も生きたばかりではなく、そのあいだにもかなりの量の仕事をのこしたのは、彼の肉体の雑草のような強さのためである。

輪ゴムでとめられた分厚い切符の束の中から一枚だけ抜き取る私の心には、祈りに似たものがあった。

言語に支障のある彼から返事をもとめるまでもなく、彼が私によこそうとしている切符が、オリオンズをふくむパシフィックの変則ダブルの入場券であることはわかっていた。そのカードは三日間の連戦である。そのうちのどの日を選ぶか、それがいま私の選択にまかされている。それまで彼から切符をもらった日は、不思議といつもゲームが雨で流れた。私が彼の席で実際に試合をみたのは二日しかない。彼から切符をもらうのも、あるいはこれが最後になるかもしれない。そして、それまでにも一度、私は彼から受けたもっと大きな好意をしりぞけてしまったことがある。それが、私の心に蔭をさしていた。

私はつとめて無造作をよそおいながら、まん中の一枚を抜き取ると、坐ったまま右手で空中にヒラヒラさせて、彼にそれを示してから二つに折ってポケットにおさめた。しかし、またしても予感は的中した。その日も、ゲームは雨で流れた。最後まで、私は彼の好意を無にしてしまった。

「あの日も、雨だった」

私は自分の罪ではないと考えながらも、悔恨に似たおもいに咬まれて、その喫茶店の大きなガラスの窓を越して見える地下鉄工事の厚板を敷き詰めた道路が、小雨に濡れてにぶく放っている光沢をみつめていた。その板の上を自転車が通り、自動車が走っていく。

うるんでいた視界が、ふたたび旧に復しているのを私は意識した。彼——十返肇はその前日の未明に、築地の国立がんセンターで四十九歳の生命をおわった。そして、その日の午後には骨になっていたのだ。

私は勘定をすませてから預けておいた傘を受け取ると、彼の通夜の席につらなるためにその店を出た。

暮色は次第に深まっていて、彼の家にむかう途次にある川は、前夜の雨でいちじるしく水量を増していた。その前夜の雨は、その日の正午、一たん病院から自宅へ戻された彼の棺がのぼっていった彼の家の前にある急坂をも洗い流して、ゴツゴツした小石をとび出させていた。

＊

神田駿河台に、ハイマートという喫茶店があった。経済学者大塚金之助氏の夫人が経営者で、私は幾人かの友人と毎日のようにその店でとぐろを巻いていた。昭和七年のことで、大塚氏は、その前年共産党のシンパとして検挙されていた。

「日大の芸術科に、ジッペンイチっていうのがいるだろう」

ある日、仲間の橋本久雄が言った。私には、はじめて耳にする名であった。

「十返舎一九から舎と九だけ取って、ペンネームにしたんだ」

橋本は断定的に言った。橋本も彼の姓の「トガエリ」という読み方を知らなかったのだが、十返の本名は「一《はじめ》」で、彼が「肇」を筆名にしたのは戦後になってからのことであった。

橋本は一種の才人で、今日まで生きていればかなり面白い存在になったのではないかと思うが、彼もまたそのころ相次いで斃れていった私の他の友人とおなじように、結核で夭折してしまった。

菅忠雄氏の知遇もあったからだと思うが、橋本はその翌春、学業なかばで文藝春秋社の入社試験に応じて、仮採用を受けた。しかし、彼の与えられたポジションは校閲部の遊軍といったようなものであったらしく、出張中の共同印刷から書いてよこしたハガキには、「雪の日や我も人の子赤インキ」という、自嘲めいたパロディが添えられてあった。

読書家の橋本は、ボオドレイルやジイドやヴァレリイに対しても彼なりの見識をもっていたが、映画も好きでよくみていた。

彼の手紙はいつもずっしりと持ち重りのするペダンチックなもので、そのうちの一通は、「ほんとうにそうですわねと、ミリアム・ホプキンスは言いました」という書き出しにはじまっていた。ホプキンスは当時のアメリカ映画スターであったが、彼の手にかかると映画女優ばかりではなく、バルザックやスタンダアルというような文豪でも、忽ち彼の隣人あつかいを受けた。今から考えると、皮肉屋の橋本にはトルストイやドストエフスキイの翻訳者が、翻訳をしているというだけの理由で同僚のような顔をして、ちっぽけな島国の日本文壇にゴロッチャラしている作家どもを見くだしているのが癪にさわって、それならいっそ奴等を自分等の水準まで引きずりおろしちまえ、とでも思っていたようなふしがあった。どうも私にはそんなふうに考えられるのだが、いずれにしろ彼の本質は東京の下町っ子で、銀座などへ出て来る時には和服に角帯をしめていたし、それがまたよく似合った。

いちど彼にさそわれて、私は富岡八幡の祭礼に出かけたことがある。四畳半くらいもあるミコシが三十何台も通るのを見物してから、境内の見世物小屋でアシカの曲芸とクジラのミイラというものを見た。そのクジラは片瀬のマリンランドで泳いでいるものよりやや小型で、カサカサに乾燥してキャラメルのような色をしていた。

そのイカモノを見る前に私は彼の家に立ち寄って、天理教の祭壇がまつってある二階の部屋で話した。

彼の家は門前仲町にあった。門前は富岡八幡の門前町の意で、仲町は羽織衆や辰巳芸者で名高い花柳界のある場所である。「猪牙《ちょき》で行くのは深川がよい」とうたわれた花街だが、全盛は江戸時代でおわっている。私が初秋の午後の陽ざしの下にみた深川の花柳界はうらぶれた場末の感じでしかなかったが、棟割二軒長屋の一軒に住む橋本の家の隣家も芸妓家であった。

橋本が『文壇早わかり』という表題の文芸時評を、富岡巽という筆名で私たちの同人雑誌に書いたのは、成島柳北や服部誠一の流れを汲む世紀末的江戸趣味のあらわれだと私はそのとき確認したが、彼が十返の本名をペンネームだと独断したのも、そんな自身の筆名の由来から割り出されたものであったろう。もっとも『十返肇の文壇白書』という書物をみると、彼の姓も筆名とあまり選ぶところはない。

私の家は、もと泉谷（イズミタニ）という姓であったそうだ。それが、私の祖父にあたる人物が私の家へ養子にきたとき、徴兵検査を受けるのを逃げるために、別な姓に変えようとした。（略）なんでも、自分以外に全然係累がなく、自分が兵隊にとられて戦死でもすると、その家系が絶たれてしまう立場に戸籍上ある人間として登録されていれば、徴兵検査を免除され、したがって兵隊にとられずに済んだそうである。

そこで、全然ひとりぼっちで親類縁者もなんにもない人物を探索したところ、高松市の五番町だかに、十返ムメという七十歳だかのお婆さんが、今にも死にそうな病人として住んでいた。そこで、このお婆さんの姓を名乗れば徴兵検査を受けずにすむというので、当時の金額で金三十円也を支払って、私の祖父が十返家というものをつくったのだそうである。明治十九年のことだというが、彼の祖父にしてみれば、それも世をしのぶ一種のペンネームでなかったとはいえまい。すくなくとも、本名でなかったことだけは確実である。

橋本はやはりカンのいい男であったと、私はこの十返の一文に接したとき、無名のうちに夭折していった亡友の俤《おもかげ》をしのんだ。

昭和八年九月、私は株式会社紀伊国屋出版部に就職して、雑誌「行動」の編集部員となった。社長は田辺茂一氏、編集長は豊田三郎氏で、ほかに経理の仕事をしている重政敏君という私より若い人が一人いたが、のちにカルコの『芸術放浪記』やマッコルランの『地の果てを行く』を訳した永田逸郎君が半年ほど経てから入社するまで、平の編集者は私一人であった。私はかぞえ年二十三歳、豊田氏は私より四歳年長、田辺社長も豊田氏より二歳しか年長ではなかったから二十代で、みな若かった。舟橋聖一氏もこの雑誌とは親戚関係のような間柄にあって、十返を私が知ったのは、その時代のことであった。

「行動」の創刊は昭和八年十月で、その創刊号発売の翌日か翌々日あたりに編集部へ入った私は、終刊号となった昭和十年九月号と運命をともにして、閉鎖された社を去った。

その廃刊直後に発刊された「行動文学」は舟橋氏と豊田さんを中心に結成された同人雑誌で、雑誌「行動」の編集部にいたという以外、行動主義とはなんのかかわりもなかった私もその雑誌には幾度か書かせてもらったし、豊田さんと私との交游は三十四年十一月に氏が急逝するまでつづいたが、行動主義文学運動の一翼をになっていた十返が豊田さんとはなれて井上友一郎、田村泰次郎の両氏からさらに丹羽文雄氏のほうへ接近していったのは皮肉な現象でもあり、文学運動というもののもつ命運についても考えさせられるものがある。

「行動」の編集室は紀伊国屋書店の二階にあったが、株式会社紀伊国屋出版部は会社名で、紀伊国屋書店の出版部ではなかった。紀伊国屋書店のＰＲ誌としては別に「レツェンゾ」という小冊子が発行されていて、いつのころからか十返が編集をするようになった。彼と私とは年齢が近いせいもあったが、一名「ションベン横丁」と呼ばれていた森永キャンデーストア横の路地奥にあったバルザックという喫茶店に入りびたっていたばかりではなく、お互いの住居が徒歩十分ほどの距離にあったところからも一そう親密の度をくわえた。

当時、市ケ谷駅前から麴町四丁目に通じる坂道の左側に、一たん丸めた紙をもう一度ひろげ直したような感じのする、外壁に船室をおもわせる丸窓が取り付けられた、二階屋とも三階屋ともつかない一種異様な洋館があった。吉行淳之介君の母堂あぐり女史が経営していた山ノ手美容院で、設計者は村山知義氏であった。淳之介君の父君栄助氏の邸宅はその隣りにあったが、作家エイスケ氏の崇拝者であった十返はちょうどその真裏の位置にあたる支那ソバ屋の二階に住んでいて、私は一口坂の電車停留場に近い郵便局の横丁にあったセンベイ屋の二階で暮していた。十返のメイ著『けちん坊』をみると、そのころの私たちの生活の一端がうかがわれる。

昔紀伊国屋書店につとめていたとき、月給が十円であったと書いて、社長の田辺茂一氏を〝けちん坊〟にしたところが、これについて、彼氏は最近の「小説中央公論」で大いに怒ってつぎのように反駁している。

「数日前、『朝日』に〝けちん坊〟という表題で十返が、その頃の月給がただの十円也であったと書いて雇用主の私を怨んでいたが、事実、十円であった。毎日働いてと書いてあったがそんなに働いてはいない。おしゃべりをして帰っていくぐらいの印象であった。

真面目な働きぶりをしていた野口冨士男（この名前を、田辺さんは不二男と書いている。あんなに親しい名前を間違えるとは田辺さんもモウロクしたかナ）さえ、私の記憶に間違えなければ、金三十円也であったのだからしかたがない。

今の時世でものをいう勿れだ」と。

どうだろう、この態度は？

田辺さんはここに引用された文章の中で二つの誤まりをおかしている。私の月給は二十五円であったし、私はけっして「真面目な働き」などしていなかった。買いかぶられた私は、この文章を読んでコソバユかった。また、十返はその直後に森永の宣伝部へ嘱託で入っているのに、そのほうの月給は書いていないのだからズルい。そこでも、彼は「おしゃべりをして帰っていくぐらいの印象」で、大して貰っていなかったのではなかろうか。彼は死ぬまで誰にもそんな印象しか与えなかったが、死んでみると、実に大量の仕事をのこしていた。「レッェンゾ」もきちんと発行されていたのである。

いずれにしろ、十円と二十五円の月給取りはともに貧乏なくせに濫費家で、親のスネをかじりながら閑居不善をなしていたわけだが、十返は夜の十二時を過ぎると私の部屋の窓の下へ来て、

「野口イ」

と、声帯のこわれたような声で私の名を呼んだ。

私は階下の老人夫婦に気がねをしながら外へ出ると、市ケ谷寄りの電車通りにある源来軒という支那ソバ屋へついていった。支那ソバ屋の二階にいた十返は、別の支那ソバ屋で夜食をしていたわけだが、当時、日に八十本もチェリーという煙草をすって食のほそかった私は、その店で彼の旺盛な食慾を手をつかねて眺めていた。

彼がその店へ行くとかならず食べていた、あの短冊型の揚げ物はなんという品名なのか、その後どこでもお目にかかったことがない。十返の説明によると、中身は豚の脂身だそうで、すすめられるままに私もいちど一つだけ指でつまんで口に入れてみたことがあったが、私などに

は歯が立たぬほど硬質な食品であった。こんな夜更けに、こんな不消化なものを摂取して、それで胃をそこなわない十返という男は大変な奴だと、呆れずにいられなかった。

たまに早く社からもどっても、独身の青年は下宿の部屋に落着いていられない。私は退屈をするとドテラの上にトンビを羽織ってふらりと新宿へ出て、山の小屋という店へ行った。

十返もドテラ姿でやって来た。彼も退屈していた。退屈して、異性をもとめた。その店とその女性とのあいだにはなんのかかわりもなかったが、時期的にはその店に彼がかよった前後のことである。私は毎日顔を合わせていたので、その女性をよく知っていたが、小男の彼より三センチほど身長が高かった。

「私の読書遍歴」という文章の中で十返は書いている。

昭和十年ごろ、紀伊国屋書店から「行動」という雑誌が出ていて、よく書かせてくれた。そのころ、小松清がフランスから帰って行動主義を提唱し、私もそれに共鳴し、マルロオやラモン・フェルナンデスからジイドなどを読むようになった。谷崎潤一郎の『痴人の愛』を再読したのは、それから一、二年のちで、当時同棲していた女との間がうまくゆかず、悩んでいたころであった。私はナオミと譲治の関係に、私と女を見出し、やがて『蓼喰ふ虫』の別れようとする夫婦にも私たちのすがたを見るようになった。二十三歳の時であった。

この二十三歳が満なら昭和十二年で、「行動」廃刊の二年後に相当する。そして、その女性は田辺社長の秘書をしていた人で、十返が同棲生活に入ったのは「行動」廃刊の直後であるから、同棲二年内外で二人の仲は危機にさらされていたことになる。しかも彼等のあいだにはすでに令息の一成君がもうけられていたのだから、事態は一そう深刻であった。

高見順氏が大森の不入斗《いりやまず》に住んでいたのは昭和何年ごろであったろうか。私は誰かと一しょに遊びに行ったことがあるが、当時その近傍に住んでいた十返はすでにその女性と別れて、母堂と令息の三人ぐらしをしていたはずである。原稿もあまり売れなくて、彼の生涯では一ばん淋しかった時代であろう。

十返と私とをふくむ八人の仲間が青年芸術派というグループを結成したのは、昭和十五年末のことである。年齢の順に書くと牧屋善三、私、田宮虎彦、井上立士、青山光二、南川潤、十返、船山馨というメンバーであった。青山は「レツェンゾ」のころから十返と交際していたとのことだが、昼は十返と一つ職場で働いて、夜は市ケ谷の源来軒や夢の里、九段の花柳界近くにあったブルースというような店を三日にあげずほっつき歩いていた私は、しかし、その時まで青山だけを知らなかった。青年芸術派の結成後になってから、「海風」という雑誌の同人で織田作之助の友人だと十返から紹介されたが、他の六人はみな以前からの友人であったから私はすぐ打ちとけることができたし、青山とも戦後急速に親しくなった。

青年芸術派とは誰が名づけたのか、今から考えると歯の浮くような青くさい名称だが、当時としては抵抗の意味もあった。世は挙げて非常時で、青年は戦地か軍需工場におもむくのが当然で、芸術などに憂身をやつすのは非国民であるかのように考えられていた時代であった。

はたせるかな、私たちの文学活動は、発禁、発行不許可と苦難の連続に終始した。

青年芸術派のことを考えると、胸をしめつけられる。

最初にたおれたのは井上立士であった。粟粒結核におかされた彼は、防空演習の暗幕をとざした六本木の額田病院の一室で昭和十八年九月十七日に生涯をとじた。

仲間が金を出し合って新宿で買っていった真紅のバラは、筒状の遮光幕で蔽われた電燈のかすかな明りの中で、周囲の闇に花瓣の色彩を吸い取られてしまって、葉と茎だけしか見えなかった。井上はわずかに許されたその弱い明りの中で、酸素吸入を受けながら全身で呼吸をしていた。私たちは一人々々光圏の中へ入って、自分等の顔を彼に見せた。光圏から一歩さがると顔が消えた。彼が私たちの短篇集に書いた作品の「もっと光を」という表題は、あのころの私たちの魂の叫びであった。

つづいて十返は十九年九月一日、私は同九月十四日、青山は二十年三月に海軍へ召集されたが、婆婆にのこった田宮は気胸療法をつづけ、おなじく胸をおかされた船山は新潟に疎開、どうやら戦時を生きのびた南川は戦後疎開先の桐生へ十返を講演に呼び寄せたが、日ならずして誰見舞う者もなく孤独のうちに世を去っていった。風俗作家の彼が、夫人にジープの絵をかいてもらって小説を綴っているという風聞は私になんとも切ない思いをさせたが、せっかく十返と船山にさそわれながら、彼の葬式に出向いていく交通費はおろか、香奠の算段もつかなかった私は、泣くにも泣けなかった。そして、今は残る一人の牧屋が習志野のアパートで病軀をやしなっているというのだ。

その牧屋のことで船山、青山の二人と私が十返の家に集まったのは、十返の入院よりいくらも以前のことではない。十返は泥酔して、

「もう牧屋の話はよそう」

と言いながら、また牧屋の話にもどっていった。何度も、同じことが繰り返された。

十返の飲酒は戦後になってからのものであったが、カストリからはじまった酒量はグングンあがった。死の三年ほど前からはサントリイの角壜一本あけるのに、一人で一時間もあれば足りるようになった。水割りのウイスキーを彼はガブ飲みしたが、その量と速度は常軌を逸していた。しかも、そんな日が何年というあいだ、連日のようにつづいたのである。

がんセンターで、私は池島信平さん、船山馨とともに、三人で浜田主治医から彼の解剖の結果を直接きいたが、奔馬性の全身癌ですべての諸器官をおかされていたのに、肝臓だけは健全そのものであったという発表を、咄嗟の間には信じられなかった。喫煙は肺臓を、飲酒は肝臓をそこなうというのが現代医学の定説であり、常識ではないのか。肉体をもって常識をくつがえした彼に、私は最後の抵抗をみた。彼の肝臓は医師によって腑分けされたとき、ニタッと笑った。そんな場面を私は想像にえがいて、彼の肝臓ならあり得ないことではないと思った。

食がほそくて、アルコール分を受けつけない体質の私は、彼が市ケ谷の源来軒で短冊形の揚げ物を胃におさめていた時にも傍観していたように、戦後の彼がハシゴ酒をしていた時にも傍

観しているよりほかはなかったが、附き合えと言われればどんな夜更けまでも行動をともにした。

彼が俄かにジャーナリズムの寵児となってブームを巻き起すきっかけをつくったのは、その死に十年先立つ昭和二十八年に「朝日新聞」に書いた文芸時評である。

「戦前から書いてるものとちっとも違ってないのにな」

私が言うと、彼はウンウンとうなずいた。デビューが早かっただけに、彼の不遇も長かった。

「金、こまってないか。俺のブームも今年一年や。来年になったら貸せんようになるから、今のうちに借りてくれ。五万円ぐらいやったら、いつでもいいぞ。十万円やったら、前から言うてくれ」

彼がそんなことを私に言ったのは死の四年ほども以前のことであったか、新橋附近の酒場でのことであった。

「金はいつでも困ってるけど、今はいい」

私が応えると、

「来年になったら、貸せんようになるから、今のうちに借りてくれ」

「借りろといっても、今は要らないんだ」

「よわるな」

「よわるのは俺のほうだよ」

実際、私はそのとき借金の必要がなかった。「お前はなんでも知っているから、つまらん奴や」と言われたとき、私は本心からそれを自身の欠点だと思いながら、人間には改めようのない欠点というものもあるのだと思ったように、その時の彼の申し出には十二分に好意を感じながらも、友と友とのあいだには受け取りようのない好意というものもあるのだと思った。しかし、その拒絶が、今は私を苦しめる。

＊

十返の本通夜の晩、私は船山と二人で地階のような位置にある十返の書斎にいた。十一時ごろ上にあがってみると、弔問客はすっかり引き揚げて私たちだけになっていることをはじめて知った。

霊前に香をそなえてから十返の母堂と千鶴子夫人に挨拶をして外へ出ると、激しい雨が降っていた。

彼の家の前にある坂は、目白のほうへ出ようとすれば少しのぼりになるが、高田馬場方面へ出るためには急傾斜をくだらねばならない。私たちはズボンの裾をたくし上げて、傘をさしながらその坂をくだったが、坂をくだるという連想から、百田宗治の『湯島切通し』という詩の断片を思いうかべた。たぶん西条八十氏が編んだ詞華集中の一篇で、中学生時代の記憶だから前後は忘れてしまったが、「たそがれ、君とくだる湯島切通し」という一節がぽかッと浮んできたのであった。

六尺ゆたかの船山は十返と同年で私より三歳年少だが、私はすでに五十二歳。まだ老人だという意識はなくても、すでに人生の黄昏にさしかかっていることは否めない。黄昏の時はよい時などとうたった百田宗治は、そのころまだ人生の真昼というような世代を生きていて、黄昏のしめつけて来るような寂寥を知らなかったのだろうと私は思った。船山とは、その前の晩も一しょにその坂をくだった。

十返の死は、私たちの青春のまったき死であった。

坂をくだるあいだ、船山と私は一言も口をきかなかった。坂をくだっても、そのあたりは流しのタクシイがつかまえられるような場所ではなかった。

「俺はなんべん来ても、この道がおぼえられなかったんだ。それが、今度やっとおぼえられたと思ったら、もう来ることがなくなっちまった」

不整形の四辻のところまで来て、神社の鳥居の前でわかれるとき、西武電車で帰るという船山が言った。

あとがき

本書におさめた作品の掲載誌名と発表年月は次のとおりである。

浮きつつ遠く　文學界　昭和四十四年九月
その日私は　風景　昭和四十二年五月
ほとりの私　風景　昭和四十三年二月
暗い夜の私　風景　昭和四十三年十月
深い海の底で　風景　昭和四十四年六月
真暗な朝　文藝　昭和四十四年七月
彼と　風景　昭和三十八年十一月

個々の作品が独立した短篇であることはいうまでもないが、連続性を意図して執筆したことも事実であった。いわゆる連作であるが、変則的な長篇といえるかもしれない。文壇史が背景となっているので、自分なりに調査もしたが、多くの方々に事実認証の教示をあおいだ。ご協力を深謝する。巻末の「彼と」は他の作品とやや系列がことなるが、関連作として収載した。

一冊にまとめるに当って全篇に手をくわえたが、発表時の原形は努めてとどめるようにして、むりに統一整形することは控えた。

掲載誌の編集関係者各位と本書の出版にご尽力いただいた講談社文芸図書第一出版部の斎藤稔、早川徳治の両氏に感謝する。

著者

昭和四十四年初冬

P+D BOOKS ラインアップ

遠い地平・劉廣福 八木義徳 ●悔恨と哀しみに満ちた若き日々を回想する

冬の宿 阿部知二 ●映画化もされた戦前のベストセラー作品

天上の花・蕁麻の家 萩原葉子 ●萩原朔太郎の娘が描く鮮烈なる代表作2篇

閉ざされた庭 萩原葉子 ●自伝的長編で描かれる破局へ向かう結婚生活

輪廻の暦 萩原葉子 ●作家への道を歩み出す嫩。自伝小説の完結編

海軍 獅子文六 ●「軍神」をモデルに描いた海軍青春群像劇

P+D BOOKS ラインアップ

達磨町七番地　獅子文六　●軽妙洒脱でユーモア溢れる初期5短編収録

がらくた博物館　大庭みな子　●辺境の町に流れ着いた人々の悲哀を描く

暗夜遍歴　辻井喬　●母への痛切なる鎮魂歌としての自伝的作品

オールドボーイ　色川武大　●〝最後の小説〟「オールドボーイ」含む短編集

夜風の縺れ　色川武大　●単行本未収録の39編と未発表の「日記」収録

曲り角　神吉拓郎　●人生の曲り角にさしかかった中高年達を描く

P+D BOOKS ラインアップ

大陸の細道	木山捷平	●世渡り下手な中年作家の満州での苦闘を描く
変容	伊藤 整	●老年の性に正面から取り組んだ傑作長編
若い詩人の肖像	伊藤 整	●詩人の青春期の成長と彷徨記す自伝的小説
好きな女の胸飾り	舟橋聖一	●若き妻と学生を接近させる夫の屈折した心理
淡雪	川崎長太郎	●私小説家の〝いぶし銀〟の魅力に満ちた9編
女のいる自画像	川崎長太郎	●私小説作家が語る様々な女たちとの交情

P+D BOOKS ラインアップ

暗い流れ　和田芳恵　●性の欲望に衝き動かされた青春の日々を綴る

なぎの葉考・しあわせ　野口冨士男　●一会の女性たちとの再訪の旅に出かけた筆者

暗い夜の私　野口冨士男　●大戦を挟み時代に翻弄された文人たちを描く

故旧忘れ得べき　高見 順　●作者の体験に基く〝転向文学〟の傑作

貝がらと海の音　庄野潤三　●金婚式間近の老夫婦の穏やかな日々を描く

せきれい　庄野潤三　●〝夫婦の晩年シリーズ〟第三弾作品

（お断り）


本書は1969年に講談社より発刊された単行本を底本としております。

あきらかに間違いと思われるものについては訂正いたしましたが、基本的には底本にしたがっております。また、一部の固有名詞や難読漢字には編集部で振り仮名を振っています。

本文中には書生、痴呆症、精神分裂、支那、みなし児、乞食、ウェイトレス、女給、性格破産者、未亡人、女史、パンパン、物乞い、ドモリ、吃り、混血児、支那ソバ、小男などの言葉や人種・身分・職業・身体等に関する表現で、現在からみれば、不当、不適切と思われる箇所がありますが、著者に差別的意図のないこと、時代背景と作品価値とを鑑み、著者が故人でもあるため、原文のままにしております。

差別や侮蔑の助長、温存を意図するものでないことをご理解ください。